MARCEL PAGNOL/JACQUES FERRANDEZ

l'Eau des collines

MANON DES SOURCES

casterman
Editions de la Treille

ISBN 2-203-37702-X

Imprimé en Belgique par Casterman, S. A., Tournai. Dépôt légal : septembre 1997 ; D. 1997/0053/306.
Déposé au ministère de la Justice, Paris (loi n°49.956 du 16 juillet 1949 sur les publications destinées à la jeunesse).

JE ME RÉGALE !...
GALINETTE , C'EST UNE RÉUSSITE MAGNIFIQUE !... TU M'AS REMBOURSÉ TOUTES LES DÉPENSES ET TU AS PU METTRE DE CÔTÉ 260 BEAUX LOUIS D'OR !...
... MAIS DEPUIS LES OEILLETS , TU NE REVIENS PLUS AU VILLAGE ET ÇA FAIT PARLER...
PREMIÈREMENT, TU AS BESOIN D'UN PEU VOIR LES GENS ... AUTREMENT, TU VAS DEVENIR UN SAUVAGE... DEUXIÈMEMENT, ON SAIT QUE MAINTENANT, TU GAGNES DES SOUS...
IL NE FAUT PAS QUE TU AIES L'AIR D'ABANDONNER TES AMIS. UNE FOIS PAR SEMAINE, DESCENDS À 6 HEURES , ET VIENS À L'APÉRITIF AU CERCLE , AVANT DE DÎNER AVEC MOI...

QUI C'EST, QUI T'A DONNÉ L'IDÉE DE FAIRE CES FLEURS ?...
CAFÉ
DEMI 90c
C'EST AU SERVICE, À ANTIBES, J'AI VU DES PAYSANS QUI EN FAISAIENT... J'AI UN PEU REGARDÉ ET J'AI PENSÉ QU'ICI, ÇA VIENDRAIT BIEN...
LES OEILLETS, ÇA VIENT BIEN PARTOUT À CONDITION QU'IL NE GÈLE PAS...
ET SURTOUT, SURTOUT, IL FAUT BEAUCOUP D'EAU. DE L'EAU À VOLONTÉ... LUI, IL A LA CHANCE D'AVOIR RETROUVÉ LA SOURCE...
DEMI
...CELLE QUE LE PAUVRE BOSSU A TANT CHERCHÉE. MOI, JE L'AI VU AVEC SA BAGUETTE... IL AVAIT L'AIR MYSTÉRIEUX COMME UN SORCIER, ET IL EST PASSÉ À CÔTÉ...
ÇA RAPPORTE BIEN ?...
ÇA DÉPEND, ÇA DÉPEND DES JOURS...
C'EST SURTOUT LES FÊTES QUI RAPPORTENT... LA NOËL, C'EST LE MEILLEUR... ET PUIS LE MARDI GRAS... ET PUIS PÂQUES... PÂQUES, C'EST TRÈS BON !...
ET LES MORTS ? ÇA RAPPORTE, LES MORTS ?!...
PAS MAL, LES MORTS, C'EST PAS MAUVAIS... ÇA RAPPORTE BIEN...
CAF
DEMI 90c
ÇA DÉPEND DES MORTS, IL Y EN A QUI VOUS LAISSENT UN GROS HÉRITAGE, IL Y EN A D'AUTRES, DES FOIS, QUI VIENNENT VOUS TIRER PAR LES PIEDS. AH ! AH !
CAFÉ
ALORS, ON JOUE, OU ON JOUE PAS ?!...
2

LE DIRECTEUR DU THÉÂTRE DE TANANARIVE EST UN VÉRITABLE MUFLE QUI NE TIENT JAMAIS SES PROMESSES...
...IL LAISSE TOMBER LES GENS COMME DES VIEILLES CHAUSSETTES...
...LE SECRÉTAIRE GÉNÉRAL DE LA GAÎTÉ LYRIQUE, CE CHER ARMAND, S'EST CONDUIT EN GENTILHOMME. JE NE SERAIS PAS ICI, S'IL N'ÉTAIT PAS MORT...
...IL VOULAIT ME FAIRE CHANTER, MANON, À L'OPÉRA DE PARIS, J'Y SUIS D'AILLEURS ENTRÉE GRÂCE À VICTOR, MAIS DANS LES CHOEURS...
JE LEUR AI ÉCRIT PLUSIEURS FOIS... MAIS JE NE REÇOIS JAMAIS DE RÉPONSE
DE LA PART D'ARMAND, C'EST BIEN DE LUI, MAIS ÇA M'ÉTONNE DE VICTOR, ÇA NE LUI RESSEMBLE GUÈRE... APRÈS TOUT, IL EST PEUT-ÊTRE MORT, LUI AUSSI... MAIS, JE VAIS TOUT DE MÊME INSISTER ...

C'EST UN CHERCHEUR D'OR ?...
EH, EH ! TU AS PEUR QUE JE TE VOLE TES CHÈVRES ?!...
GRRRR
OH, OH ! TU VEUX DES CARESSES ?
TU VOUDRAIS BIEN DÉJEUNER AVEC MOI ? ATTENDS UN PEU, ON VA ESSAYER... MAIS OÙ EST TON BERGER ?...

S'IL REVIENT, JE LE VERRAI, ET JE LE LUI RENDRAI... S'IL NE REVIENT PAS, TANT PIS POUR LUI...
SALUT, MESTRE, CE TROUPEAU, LÀ-BAS, C'EST À VOUS ?...
OH, NON ! C'EST À LA FILLE DES SOURCES...
QUELLES SOURCES ?
LES PETITES SOURCES DE LA COLLINE... ELLE LES ARRANGE, ELLE LES NETTOIE... ELLE EST BRAVE... L'AUTRE JOUR, ELLE M'A DONNÉ UN FROMAGE, SANS LUI DEMANDER, PARCE-QUE MOI JE NE DEMANDE JAMAIS !...
ELLE EST DES BASTIDES ?
JE NE SAIS PAS. À MON IDÉE, NON. JE NE LUI AI PAS DEMANDÉ... MOI, JE NE DEMANDE JAMAIS !...
MOI, JE NE DEMANDE JAMAIS !
5

AH! VOILÀ NOTRE INSTITUTEUR!...
CAFE
Le Petit Provençal
DEMI 90c
EH BIEN, MON CHER BERNARD, QU'AVEZ-VOUS FAIT, CE MATIN?
J'AI FAIT UN GRAND TOUR DANS LA COLLINE, ET J'EN AI RAPPORTÉ QUELQUES CRISTALLISATIONS CALCAIRES D'UN GENRE TRÈS PARTICULIER...
À PROPOS, MESSIEURS, QU'EST-CE C'EST QUE LA FILLE DES SOURCES?
LA FILLE DES SOURCES? VOUS AVEZ LU ÇA DANS UN LIVRE?...
PAS DU TOUT... J'AI RENCONTRÉ UN BON VIEUX, ET IL M'A DIT QU'IL Y AVAIT LÀ-HAUT UNE BERGÈRE QUI AMÉNAGE LES PETITES SOURCES DES COLLINES...
ET COMMENT EST-ELLE, CETTE BERGÈRE?
JE NE L'AI PAS VUE... JE N'AI VU QUE SON TROUPEAU...
DES MOUTONS OU DES CHÈVRES?
DES CHÈVRES, UN ÂNE, ET UN CHIEN NOIR...
ALORS, JE SAIS QUI C'EST... C'EST LE TROUPEAU DE LA PETITE MANON... QUAND ELLE VOUS A VU, ELLE S'EST CACHÉE...
POURQUOI?
PARCE QUE C'EST SON CARACTÈRE... DES FOIS, ON LA VOIT DE LOIN, ET QUAND ON S'APPROCHE, ELLE N'Y EST PLUS... ELLE EST PLUS SAUVAGE QU'UNE GERBOISE...
LES FILLES, C'EST SOUVENT COMME ÇA, MAIS EN GRANDISSANT, ÇA LEUR PASSE...
QUEL ÂGE A-T-ELLE?
ELLE DOIT AVOIR DANS LES 12, 13 ANS...
QUOI? MOI, JE DIS QU'ELLE EN A AU MOINS 15!...
PESTE! ET D'OÙ SORT-ELLE?
C'EST LA FILLE DU PAUVRE BOSSU!
QUEL BOSSU?
UN FADA.
PAS SI FADA QUE ÇA!...
QUAND JE DIS FADA, JE NE VEUX PAS DIRE IMBÉCILE, JE VEUX DIRE PAS RAISONNABLE. IL A CRU QU'IL ALLAIT ÉLEVER DES MILLIERS DE LAPINS EN FAISANT DES MULTIPLICATIONS SUR DU PAPIER...
6

ET ALORS, PARCE QU'IL N'AVAIT PAS D'EAU, IL A ESSAYÉ DE CREUSER UN PUITS.
ET IL A VOULU FAIRE DES MINES. POURTANT, JE L'AVAIS AVERTI ; MAIS QU'EST-CE QUE VOUS VOULEZ, IL AVAIT DES LIVRES. ET IL CROYAIT QU'AVEC DES LIVRES, ON PEUT TOUT FAIRE!
IL N'A PAS VOULU M'ÉCOUTER ET SA PREMIÈRE MINE L'A TUÉ...
...ET DEPUIS, LA PETITE HABITE DANS LA COLLINE AVEC SA MÈRE QUI EST UN PEU FADADE ET BAPTISTINE, LA VEUVE DE GIUSEPPE...
TU CROIS QU'ELLE A 15 ANS?
SÛREMENT. C'EST LA 3e ANNÉE DES OEILLETS, ET LE BOSSU EST RESTÉ 3 ANS. ELLE A AU MOINS 15 ANS ET PEUT-ÊTRE 16.
C'EST LA FAUTE DES OEILLETS. ÇA OCCUPE TELLEMENT, QUE LES ANNÉES PASSENT COMME LES OISEAUX ... ET COMME J'AI PLUS LE TEMPS D'ALLER À LA COLLINE, JE L'AI JAMAIS REVUE !...
EH BIEN, MOI, JE PEUX VOUS DIRE QU'ELLE A AU MOINS 16 ANS! PARCE QUE MOI, JE L'AI VUE DE PRÈS...
OÙ?
À BAUME SOURNE, LÀ-HAUT. JE CHERCHAIS DES MORILLES...
J'ÉTAIS LÀ-HAUT, TOUT SEUL, ET D'UN COUP, JE SENS VENIR L'ORAGE ... DU HAUT DE TÊTE ROUGE, JE VOIS DESCENDRE UN NUAGE TERRIBLE !...
BANG, BADABANG, BING ... LE PREMIER TONNERRE ... AYAYAÏE, JE PARS EN COURANT ET JE VAIS ME METTRE À L'ABRI DANS CETTE MAUVAISE CABANE DE CHARBONNIER, JUSTE AU BORD DE LA BARRE ...
... ET TOUT D'UN COUP, JE VOIS PASSER COMME UN OISEAU DORÉ. ET JE VOIS QUE C'ÉTAIT CETTE FILLE QUI COURAIT DEVANT L'ORAGE, ET LE DORÉ, C'ÉTAIT SES CHEVEUX.
ELLE S'ARRÊTE, ELLE SE RETOURNE, ELLE REGARDE LES NUAGES ... LE TONNERRE PÈTE, ELLE ÉCLATE DE RIRE ... ELLE LUI ENVOIE UN BAISER!
ELLE A PRIS LA PENTE EN SAUTANT COMME UNE GERBOISE, ET L'ORAGE NE L'A PAS RATTRAPÉE !...
Le Petit Provençal
VOILÀ UNE JEUNE PERSONNE BIEN INTÉRESSANTE !... EST-CE QU'ELLE EST JOLIE ?...
M. BELLOISEAU, SES CHEVEUX, ÇA RESSEMBLE À DE L'OR, SES YEUX, ÇA RESSEMBLE À LA MER, SES DENTS, ÇA RESSEMBLE À DES PERLES ... ET CE QU'ELLE A DANS SON MAUVAIS CORSAGE, JE SUIS SÛR QUE ÇA DOIT RESSEMBLER À QUELQUE CHOSE DE BIEN JOLI !...
ET TOI, À QUOI TU RESSEMBLES, ESPÈCE DE SATYRE?
7

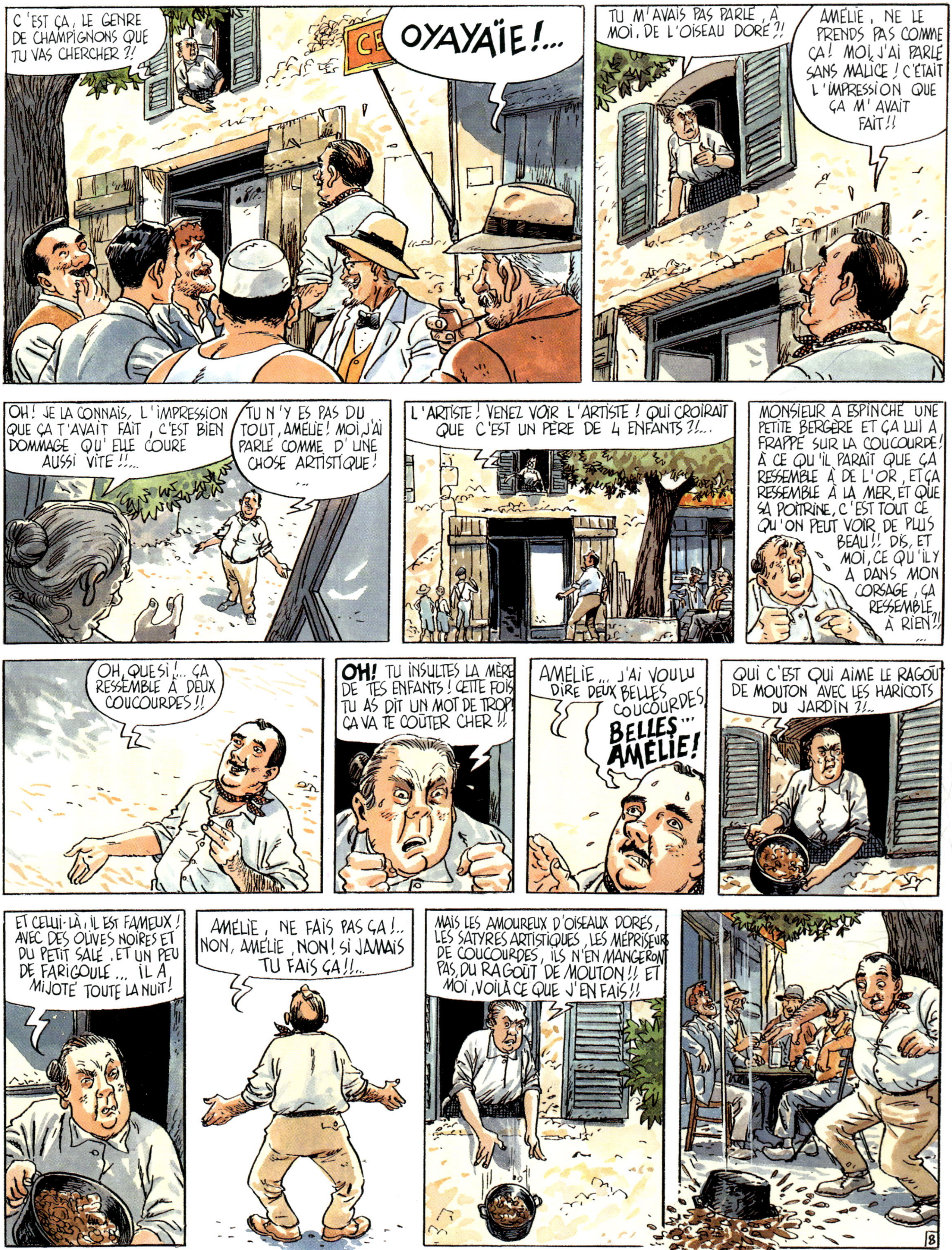
C'EST ÇA, LE GENRE DE CHAMPIGNONS QUE TU VAS CHERCHER ?!
OYAYAÏE !...
TU M'AVAIS PAS PARLÉ, À MOI, DE L'OISEAU DORÉ ?!
AMÉLIE, NE LE PRENDS PAS COMME ÇA ! MOI, J'AI PARLÉ SANS MALICE ! C'ÉTAIT L'IMPRESSION QUE ÇA M'AVAIT FAIT !!
OH ! JE LA CONNAIS, L'IMPRESSION QUE ÇA T'AVAIT FAIT, C'EST BIEN DOMMAGE QU'ELLE COURE AUSSI VITE !!...
TU N'Y ES PAS DU TOUT, AMÉLIE ! MOI, J'AI PARLÉ COMME D'UNE CHOSE ARTISTIQUE !
...
L'ARTISTE ! VENEZ VOIR L'ARTISTE ! QUI CROIRAIT QUE C'EST UN PÈRE DE 4 ENFANTS ?!...
MONSIEUR A ESPINCHÉ UNE PETITE BERGÈRE ET ÇA LUI A FRAPPÉ SUR LA COUCOURDE ! À CE QU'IL PARAÎT QUE ÇA RESSEMBLE À DE L'OR, ET ÇA RESSEMBLE À LA MER, ET QUE SA POITRINE, C'EST TOUT CE QU'ON PEUT VOIR DE PLUS BEAU !! DIS, ET MOI, CE QU'IL Y A DANS MON CORSAGE, ÇA RESSEMBLE À RIEN ?!
...
OH, QUE SI !... ÇA RESSEMBLE À DEUX COUCOURDES !!
OH ! TU INSULTES LA MÈRE DE TES ENFANTS ! CETTE FOIS TU AS DIT UN MOT DE TROP ! ÇA VA TE COÛTER CHER !!
AMÉLIE... J'AI VOULU DIRE DEUX BELLES COUCOURDES
BELLES... AMÉLIE !
QUI C'EST QUI AIME LE RAGOÛT DE MOUTON AVEC LES HARICOTS DU JARDIN ?!...
ET CELUI-LÀ, IL EST FAMEUX ! AVEC DES OLIVES NOIRES ET DU PETIT SALÉ, ET UN PEU DE FARIGOULE... IL A MIJOTÉ TOUTE LA NUIT !
AMÉLIE, NE FAIS PAS ÇA !... NON, AMÉLIE, NON ! SI JAMAIS TU FAIS ÇA !!...
MAIS LES AMOUREUX D'OISEAUX DORÉS, LES SATYRES ARTISTIQUES, LES MÉPRISEURS DE COUCOURDES, ILS N'EN MANGERONT PAS, DU RAGOÛT DE MOUTON !! ET MOI, VOILÀ CE QUE J'EN FAIS !!
8

FRANCHEMENT, JE NE SUIS PAS À PLAINDRE...
500 LOUIS, BIENTÔT... QUI AURAIT DIT ÇA?...
SI LE PAUVRE BOSSU AVAIT GAGNÉ 500 LOUIS, SA FILLE NE SERAIT PAS À COURIR DANS LES COLLINES, COMME UNE SAUTERELLE...
ENFIN, CHACUN SA CHANCE, CHACUN SON ÉTOILE, LES AFFAIRES DES AUTRES, ÇA NE ME REGARDE PAS...
CAbrioleur antention!
Vous fatigez pas à sercher l'arjent
Elle est pas ici. Elle est à la Banque
au milieu d'Aubagne, à coté de
la jeandarmerie, 12 cour Voltere
Y A RIEN A FAIRE
ET SI J'ALLAIS FAIRE UN PETIT TOUR DANS LA COLLINE? LES PREMIÈRES MORILLES SONT PEUT-ÊTRE DÉJÀ SORTIES... ET PUIS ÇA ME CHANGERA UN PEU LES IDÉES...
QUAND ON EST RICHE, ON A LE DROIT DE SE DISTRAIRE. ALLEZ, ZOU AUJOURD'HUI CE SERA DIMANCHE!
C'EST GRAND, IL N'Y A PAS À DIRE, C'EST GRAND!...
BÊÊÊÊ
BÊÊÊÊ
9

VÉ, ÇA DOIT ÊTRE LES CHÈVRES DE MANON...
OH, OH! CETTE COQUINE DOIT TENDRE DES PIÈGES!...
OUAH! OUAH!
UN PEU PLUS, ELLE ME CASSAIT LA TÊTE!...
10

EH BIEN, TU AS FAIT UNE DRÔLE DE SIESTE !...
OH! PAPET, C'EST TOI ! JE ME DEMANDE SI JE N'AI PAS PRIS UN PETIT COUP DE SOLEIL !
GALINETTE, J'AI À TE PARLER EN TÊTE À TÊTE, CE QUE JE VEUX TE DIRE, ÇA NE REGARDE QUE NOUS DEUX !...
GALINETTE, TU AS BIENTÔT 30 ANS ET TU ES LE DERNIER DES SOUBEYRAN !
JE TE VOIS VENIR, TU VAS ENCORE...
LAISSE-MOI PARLER ! SI JE TE RÉPÈTE SOUVENT LA MÊME CHOSE, C'EST DE TA FAUTE, JE RECOMMENCERAI JUSQU'À CE QUE TU AIES COMPRIS !!...
LES SOUBEYRAN, NOUS AUTRES, NOUS ÉTIONS LA PLUS GROSSE FAMILLE DU VILLAGE, MON PÈRE AVAIT 4 MULETS ET 2 CHEVAUX...
VOUS AVIEZ 500 ABRICOTIERS À LA BADOQUE ET UN VERGER DE 500 ARBRES SUR LE PLATEAU DU SOLITAIRE...
12 000 PIEDS DE VIGNE AU PLAN DES ADRETS
POUR LA FÊTE DU GRAND-PÈRE, VOUS ÉTIEZ PLUS DE 30 À TABLE... TU VOIS QUE JE SAIS BIEN MA LEÇON !
... ET JE VAIS TE RÉPONDRE COMME D'HABITUDE, SI TOUT ÇA N'A PAS DURÉ, CE N'EST PAS DE MA FAUTE, C'EST LE DESTIN ...
C'EST PAS VRAI, C'EST CEUX QUI SONT BONS À RIEN QUI PARLENT DU DESTIN. CE QUI EST ARRIVÉ, C'EST LA FAUTE DES VIEUX... UN PEU POUR L'ORGUEIL, UN PEU POUR NE PAS SÉPARER L'ARGENT, ILS SE SONT MARIÉS ENTRE EUX. C'EST MAUVAIS POUR LES LAPINS, C'EST PAS BON POUR LES HOMMES !
AU BOUT DE 4 OU 5 GÉNÉRATIONS, UN FOU, DEUX FOLLES ET TROIS SUICIDES. ET MAINTENANT, NOUS VOILÀ TOUS LES DEUX, ET MOI, JE NE COMPTE PLUS.. MAINTENANT, LES SOUBEYRAN, C'EST TOI !
ET TU VAS ENCORE ME DIRE DE ME MARIER ! ALORS, CETTE FOIS, MOI, JE TE DEMANDE : TOI, POURQUOI TU NE T'ES PAS PRIS UNE FEMME ? ...
... CE N'ÉTAIT PAS BIEN DANS MON CARACTÈRE... J'Y AI PENSÉ, REMARQUE BIEN... FINALEMENT, JE SUIS PARTI SOLDAT POUR L'AFRIQUE. QUAND JE SUIS REVENU, NATURELLEMENT, J'AI COURTISÉ LES FILLES. SI UNE M'AVAIT DONNÉ UN ENFANT, JE ME LA SERAIS MARIÉE TOUT DE SUITE. ÇA NE S'EST PAS TROUVÉ... ET IL NE RESTE PLUS QUE TOI !...
ET ALORS, TU VEUX QUE JE ME MARIE À TA PLACE ? ...
IL LE FAUT, GALINETTE !
MAIS POURQUOI ? POURQUOI ?
ET LE TRÉSOR ?! TU VEUX LE LAISSER MOURIR, LE TRÉSOR DES SOUBEYRAN ?!
BIEN SÛR QUE NON ! MOI, L'OR, JE L'AIME !
ÉCOUTE, LAISSE-MOI ENCORE UN PEU DE TEMPS, ET PUIS, LAISSE-MOI CHOISIR À MON IDÉE...
ALORS, TU AS UNE IDÉE SUR QUELQU'UN ?
PEUT-ÊTRE...
11

Ô, UGOLIN, ÇA VA PAS MIEUX ?!...
C'EST TOUT DE MÊME EXTRAORDINAIRE QUE CETTE PETITE SOIT DEVENUE SI VITE UNE PERSONNE ... ET C'EST VRAIMENT CHOQUANT QU'ELLE DANSE TOUTE NUE DANS LA COLLINE, DES BOUSQUETIERS AURAIENT PU PASSER. OU UN BRACONNIER, UNE FILLE NUE, ÇA DONNE DES IDÉES, FORCÉMENT...
CELUI QUI A TORT, C'EST CELUI QUI SE TROMPE LE PREMIER, ET QUI EST-CE QUI A COMMENCÉ ? C'EST TOI !
QU'EST-CE QUE C'ÉTAIT CETTE IDÉE DE FAIRE LE PAYSAN ? ET QU'EST-CE QUE TU AURAIS FAIT, SI MOI, J'AVAIS VOULU ME METTRE PERCEPTEUR ?
LE MAUVAIS, C'EST LA SOURCE... OUI, MAIS QUAND JE L'AI FAIT, JE NE TE CONNAISSAIS PAS, ET MÊME AVEC LA SOURCE, ÇA NE POUVAIT PAS RÉUSSIR !
TON AFFAIRE DE LAPINS, ÇA NE POUVAIT PAS MARCHER. JE TE L'AI DIT DE BONNE AMITIÉ ... MAIS TU N'AS PAS VOULU M'ÉCOUTER...
D'ACCORD, D'ACCORD, OUI, DES FOIS, JE PENSE QUE J'AURAIS PU TE DIRE : « ALLEZ, ZOU, FAISONS DES OEILLETS ENSEMBLE. » MAIS TU N'AURAIS PAS VOULU, TOUJOURS LES LIVRES, LES STATISTIQUES !...
JE TE L'AI DIT, MOI, DE RETOURNER EN VILLE ! JE TE L'AI DIT FRANCHEMENT, ET TOI, TU M'AS RÉPONDU : « JE SAIS OÙ JE VAIS ! »
EH NON, TU NE LE SAVAIS PAS OÙ TU ALLAIS, TU ALLAIS AU CIMETIÈRE !!...
12

ÇA A UN PEU LA COULEUR DE L'ARGILE...
...MAIS, CE N'EST PAS DE L'ARGILE, ÇA NE COLLE PAS...
C'EST DE LA POUDRE DE BAUXITE...
... C'EST UN MINERAI QUI CONTIENT DU FER ET DE L'ALUMINIUM... JE ME DEMANDE D'OÙ CETTE POUDRE PEUT VENIR...
C'EST LA SOURCE QUI L'AMÈNE, APRÈS LES GROS ORAGES, MAIS ÇA NE VA PAS JUSQU'À LA FONTAINE DU VILLAGE. ÇA SE DÉPOSE TOUT ICI...
MOI AUSSI, QUAND IL A PLU TOUTE LA NUIT, LE MATIN, VERS 10 HEURES MA SOURCE COMMENCE À COULER UN PEU ROUGE. ET PUIS APRÈS, ÇA FAIT COMME DE LA ROUILLE, SUR LES PIERRES...
C'EST EN EFFET DE LA ROUILLE, PUISQUE C'EST DE L'OXYDE DE FER...
ALORS, ÇA NE PEUT PAS FAIRE DE MAL!...
ET OÙ SE TROUVE-T-ELLE, VOTRE SOURCE, PAR RAPPORT À CE BASSIN? EST-ELLE PLUS HAUT OU PLUS BAS?
C'EST DIFFICILE À DIRE...
À MON IDÉE, M. L'INSTITUTEUR, LE VALLON DES ROMARINS EST UN PEU PLUS HAUT...
IL EST DONC TOUT À FAIT PROBABLE QUE L'EAU DU VILLAGE VIENNE DE CE VALLON, ET QUE LA SOURCE D'UGOLIN EN SOIT UNE RÉSURGENCE, PUISQU'ELLE TRAVERSE LE MÊME GISEMENT DE BAUXITE...
VÉ! ON NOUS LANCE DES PIERRES!
CE N'EST PAS UNE PIERRE! ÇA A FAIT COMME UN PETIT ÉCLAIR!
OYAYAÏE, SI TU VOIS DES ÉCLAIRS À 9 HEURES DU MATIN, TU AS DÛ COMMENCER LE VIN BLANC DE BONNE HEURE!!...
C'EST MON COUTEAU!
13

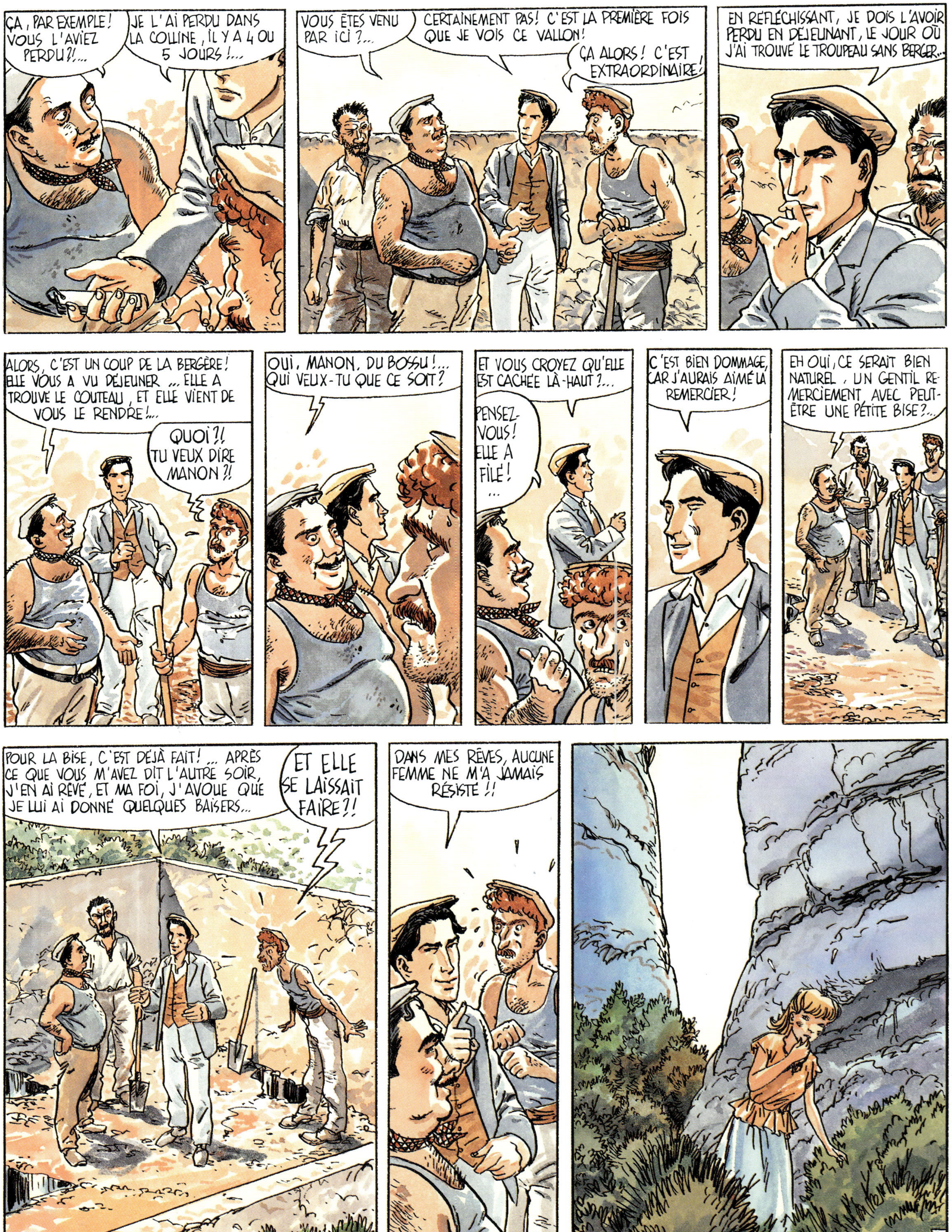
ÇA, PAR EXEMPLE! VOUS L'AVIEZ PERDU?!...
JE L'AI PERDU DANS LA COLLINE, IL Y A 4 OU 5 JOURS!...
VOUS ÊTES VENU PAR ICI?...
CERTAINEMENT PAS! C'EST LA PREMIÈRE FOIS QUE JE VOIS CE VALLON!
ÇA ALORS! C'EST EXTRAORDINAIRE!
EN RÉFLÉCHISSANT, JE DOIS L'AVOIR PERDU EN DÉJEUNANT, LE JOUR OÙ J'AI TROUVÉ LE TROUPEAU SANS BERGER...
ALORS, C'EST UN COUP DE LA BERGÈRE! ELLE VOUS A VU DÉJEUNER... ELLE A TROUVÉ LE COUTEAU, ET ELLE VIENT DE VOUS LE RENDRE!...
QUOI?! TU VEUX DIRE MANON?!
OUI, MANON, DU BOSSU!... QUI VEUX-TU QUE CE SOIT?
ET VOUS CROYEZ QU'ELLE EST CACHÉE LÀ-HAUT?...
PENSEZ-VOUS! ELLE A FILÉ!...
C'EST BIEN DOMMAGE, CAR J'AURAIS AIMÉ LA REMERCIER!
EH OUI, CE SERAIT BIEN NATUREL, UN GENTIL REMERCIEMENT, AVEC PEUT-ÊTRE UNE PETITE BISE?...
POUR LA BISE, C'EST DÉJÀ FAIT!... APRÈS CE QUE VOUS M'AVEZ DIT L'AUTRE SOIR, J'EN AI RÊVÉ, ET MA FOI, J'AVOUE QUE JE LUI AI DONNÉ QUELQUES BAISERS...
ET ELLE SE LAISSAIT FAIRE?!
DANS MES RÊVES, AUCUNE FEMME NE M'A JAMAIS RÉSISTÉ!!

... EN RÊVE, TOUT EST FACILE... MOI AUSSI, DES FOIS, JE L'AI VUE EN RÊVE ... MAIS MOI, JE SUIS POLI, JE NE LUI PARLE MÊME PAS !...
... TANDIS QUE LUI, IL S'IMAGINE QU'IL L'EMBRASSE ET QU'ELLE NE DIT RIEN !... OH, IL A SÛREMENT DES IDÉES SUR ELLE... IL VOUDRAIT BIEN S'EN AMUSER !...
... IL VA FALLOIR QUE JE SURVEILLE ÇA. C'EST UN PEU PAR MA FAUTE QU'ELLE HABITE DANS LA COLLINE... EN SOUVENIR DU PAUVRE M. JEAN, C'EST À MOI DE M'EN OCCUPER...
JE SAIS, JE NE SUIS PAS BEAU, MAIS JE SUIS TRAVAILLEUR, JE SUIS MALIN, ET FIDÈLE ...
CE COCHON D'INSTITUTEUR N'EST PAS VENU... FINALEMENT, JE CROIS QUE L'AUTRE JOUR, IL A PARLÉ POUR RIRE... ET QUE MAINTENANT, IL N'Y PENSE PLUS... MAIS QUAND MÊME, J'AI L'OEIL...
LA PETITE VA TRÈS BIEN. ELLE A DE BEAUX MOLLETS, UN JOLI CORSAGE, ET ELLE VIT SOUVENT TOUTE SEULE. CE MATIN, COMME D'HABITUDE, ELLE A LU DES LIVRES, ELLE A JOUÉ DE LA PETITE MUSIQUE... APRÈS, ELLE A DANSÉ TOUTE HABILLÉE ... ELLE FAISAIT TOURNER UNE ESPÈCE D'ÉTOFFE DORÉE... C'ÉTAIT TRÈS JOLI...
SI ÇA CONTINUE COMME ÇA, JE ME DEMANDE COMMENT ÇA VA FINIR... IL M'A PARLÉ DE 3 FOUS DANS LA FAMILLE... JE NE VOUDRAIS PAS FAIRE LE QUATRIÈME !...
QUI EST-CE ?
15

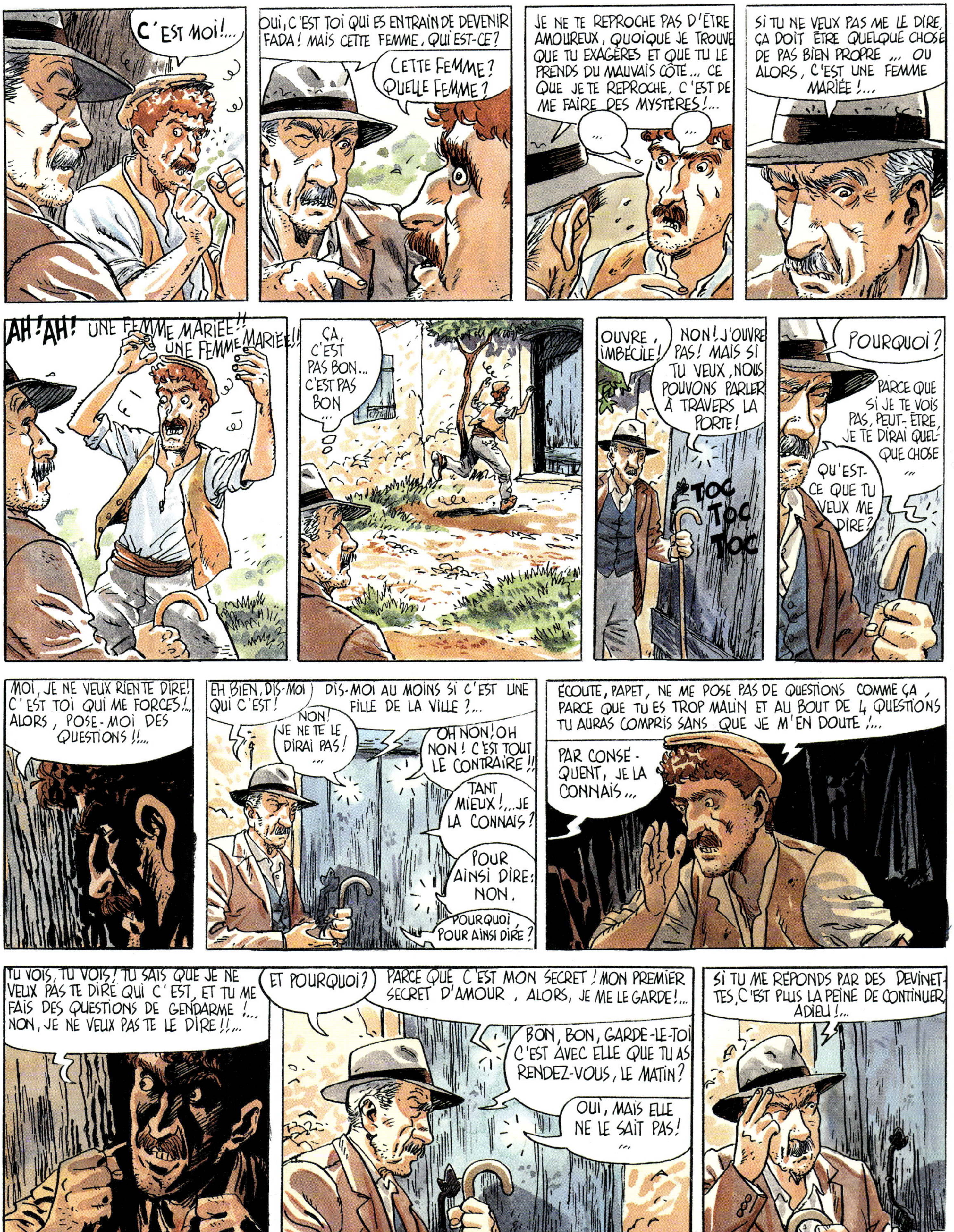
C'EST MOI!...
OUI, C'EST TOI QUI ES EN TRAIN DE DEVENIR FADA! MAIS CETTE FEMME, QUI EST-CE?
CETTE FEMME? QUELLE FEMME?
JE NE TE REPROCHE PAS D'ÊTRE AMOUREUX, QUOIQUE JE TROUVE QUE TU EXAGÈRES ET QUE TU LE PRENDS DU MAUVAIS CÔTÉ... CE QUE JE TE REPROCHE, C'EST DE ME FAIRE DES MYSTÈRES!...
...
...
SI TU NE VEUX PAS ME LE DIRE, ÇA DOIT ÊTRE QUELQUE CHOSE DE PAS BIEN PROPRE... OU ALORS, C'EST UNE FEMME MARIÉE!...
AH! AH! UNE FEMME MARIÉE!! UNE FEMME MARIÉE!!
ÇA, C'EST PAS BON... C'EST PAS BON...
OUVRE, IMBÉCILE!
NON! J'OUVRE PAS! MAIS SI TU VEUX, NOUS POUVONS PARLER À TRAVERS LA PORTE!
TOC TOC TOC
POURQUOI?
PARCE QUE SI JE TE VOIS PAS, PEUT-ÊTRE, JE TE DIRAI QUELQUE CHOSE...
QU'EST-CE QUE TU VEUX ME DIRE?
MOI, JE NE VEUX RIEN TE DIRE! C'EST TOI QUI ME FORCES!... ALORS, POSE-MOI DES QUESTIONS!!...
EH BIEN, DIS-MOI QUI C'EST!
NON! JE NE TE LE DIRAI PAS!...
DIS-MOI AU MOINS SI C'EST UNE FILLE DE LA VILLE?...
OH NON, OH NON! C'EST TOUT LE CONTRAIRE!!
TANT MIEUX!... JE LA CONNAIS?
POUR AINSI DIRE: NON.
POURQUOI POUR AINSI DIRE?
ÉCOUTE, PAPET, NE ME POSE PAS DE QUESTIONS COMME ÇA, PARCE QUE TU ES TROP MALIN ET AU BOUT DE 4 QUESTIONS TU AURAS COMPRIS SANS QUE JE M'EN DOUTE!...
PAR CONSÉQUENT, JE LA CONNAIS...
TU VOIS, TU VOIS! TU SAIS QUE JE NE VEUX PAS TE DIRE QUI C'EST, ET TU ME FAIS DES QUESTIONS DE GENDARME!... NON, JE NE VEUX PAS TE LE DIRE!!...
ET POURQUOI?
PARCE QUE C'EST MON SECRET! MON PREMIER SECRET D'AMOUR, ALORS, JE ME LE GARDE!...
BON, BON, GARDE-LE-TOI! C'EST AVEC ELLE QUE TU AS RENDEZ-VOUS, LE MATIN?
OUI, MAIS ELLE NE LE SAIT PAS!...
SI TU ME RÉPONDS PAR DES DEVINETTES, C'EST PLUS LA PEINE DE CONTINUER. ADIEU!...
16

NON, PAPET, NE T'EN VA PAS !... J'AIME TE PARLER D'ELLE !...
ÇA NE M'INTÉRESSE PAS, PUISQUE JE NE SAIS PAS QUI C'EST !! ...
OUI, MAIS MOI, JE LE SAIS, ALORS, ÇA ME PLAÎT !
TU ES PARTI ?
NON, JE BOURRE MA PIPE !
ALORS, CETTE FEMME, TU VEUX TE LA MARIER ?
OUI, JE VOUDRAIS BIEN, MAIS JE CROIS QU'ELLE NE VOUDRA PAS !
POURQUOI ?
PARCE QU'ELLE EST BELLE ET QUE MOI, JE SUIS VILAIN...
ÇA, ÇA VEUT RIEN DIRE... MAIS, PARLONS SÉRIEUSEMENT: EST-CE QU'ELLE A DU BIEN ?
OH, NON !
ALORS, ELLE TROUVERA PAS UN MARI BIEN FACILEMENT, EST-CE QU'ELLE A UNE BONNE SANTÉ ?
ÇA OUI ! ELLE A DE BEAUX PETITS MUSCLES, ELLE EST FORTE ET BIEN FRAÎCHE !
EST-CE QU'ELLE POURRAIT T'AIDER DANS TON TRAVAIL ?
OH, ÇA, SÛREMENT !... POUR BINER LES OEILLETS, C'EST UN TRAVAIL DÉLICAT, ET ELLE LE FERAIT MIEUX QUE MOI ! ... ET PUIS ... ELLE A DE L'INSTRUCTION ! ...
COMMENT TU LE SAIS ?
ELLE EST TOUT LE TEMPS À LIRE DES LIVRES ! DES FOIS, UNE HEURE SANS S'ARRÊTER !
ÇA, C'EST PAS TROP BON, GALINETTE. UNE FILLE QUI LIT DES LIVRES, ÇA NE ME PLAÎT PAS BIEN !... IL NE FAUDRAIT PAS QUE CE SOIT UNE GARCE ! TU AS DANS L'IDÉE QU'ELLE EST HONNÊTE ? ...
OH, PAPET, ÇA, J'EN SUIS SÛR, C'EST LA SAINTE VIERGE SAUVAGE ! SI ELLE DISAIT OUI, CE SERAIT EXTRAORDINAIRE POUR MOI, ET JE SERAIS HEUREUX COMME TU NE PEUX PAS L'IMAGINER ... MAIS ELLE NE VOUDRA PAS !...
UNE FILLE PAUVRE N'A JAMAIS REFUSÉ UN SOUBEYRAN ... IL FAUDRAIT QU'ELLE SOIT FOLLE PERDUE !...
TOI, PAPET, SI ELLE DISAIT OUI, TU SERAIS D'ACCORD ?
SI CE QUE TU M'AS DIT EST VRAI, JE SERAIS D'ACCORD, MAIS JE NE PEUX PAS TE DIRE OUI SANS SAVOIR QUI C'EST ... ALLEZ, ZOU, GRAND IMBÉCILE, OUVRE LA PORTE ET DIS-LE-MOI !
NON ! LA PORTE, JE L'OUVRE PAS ! IL FAUT QUE JE RÉFLÉCHISSE UN PEU ! ...
... PAPET, JE CROIS QUE JE VAIS TE LE DIRE, MAIS D'ABORD, TU VAS ME JURER SUR LES SOUBEYRAN QUE DÈS QUE TU SAURAS SON NOM, TU NE ME DIRAS PAS UN SEUL MOT ET QUE TU T'EN IRAS TOUT DE SUITE ...
ET POURQUOI ?...
PARCE QUE JE NE VEUX PAS QUE TU M'EN PARLES CE SOIR. D'ABORD, IL FAUT QUE TU T'HABITUES. DEMAIN, SI TU VEUX, NOUS EN REPARLERONS.
OH, MISÈRE, QUELLE ANDOUILLE !... ENFIN, CE SERA COMME TU VOUDRAS !
JURE ! JURE SUR TOUS LES SOUBEYRAN !!...
BON, C'EST JURÉ ? MAINTENANT, ATTENDS UN PEU QUE JE ME DÉCIDE...
J'OUVRE PAS. APPROCHE TON OREILLE DU TROU DE LA SERRURE...
C'EST MANON ... LA FILLE DU BOSSU ...
17

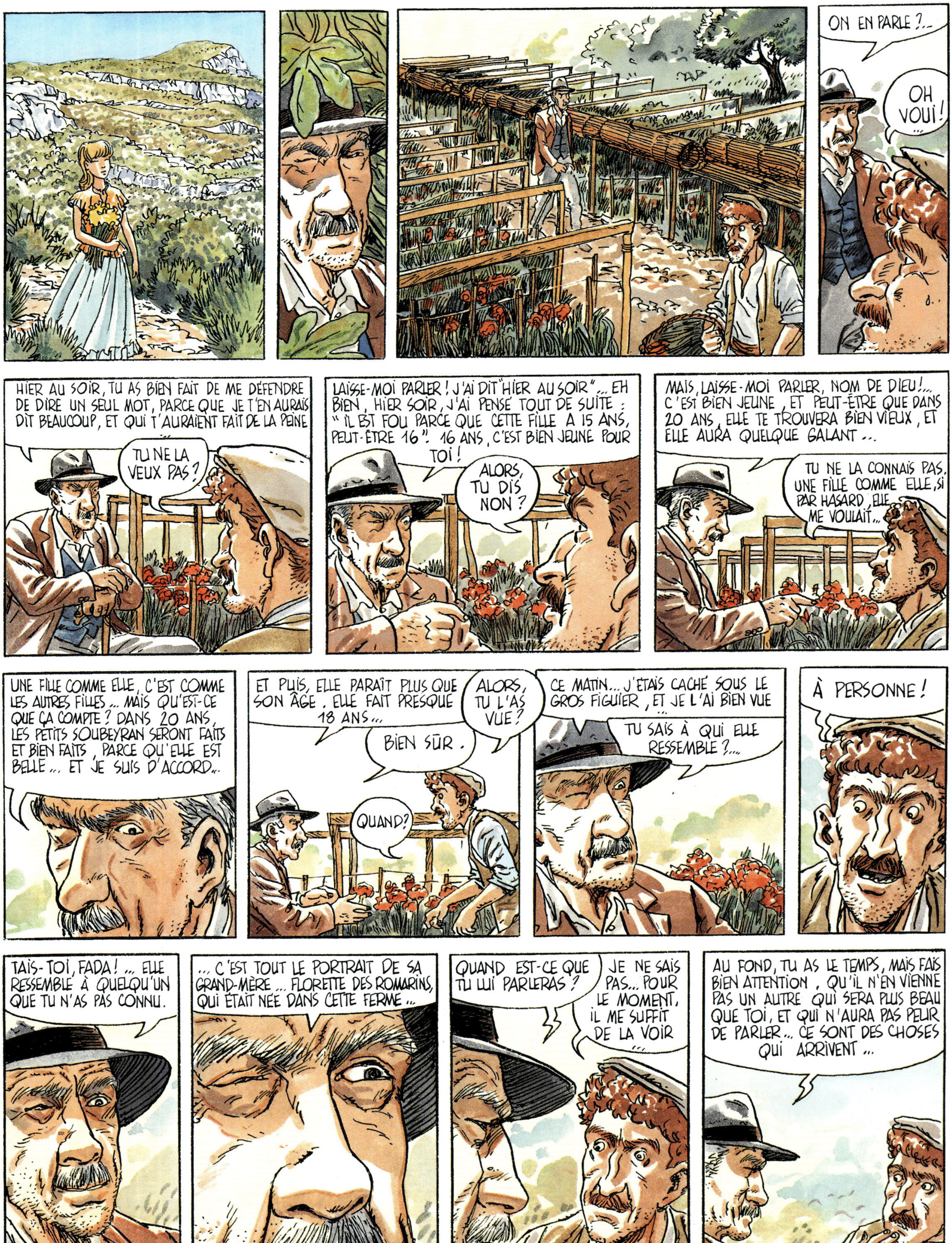
ON EN PARLE ?..
OH VOUI ! ...
HIER AU SOIR, TU AS BIEN FAIT DE ME DÉFENDRE DE DIRE UN SEUL MOT, PARCE QUE JE T'EN AURAIS DIT BEAUCOUP, ET QUI T'AURAIENT FAIT DE LA PEINE ...
TU NE LA VEUX PAS ?
LAISSE-MOI PARLER ! J'AI DIT "HIER AU SOIR"... EH BIEN, HIER SOIR, J'AI PENSÉ TOUT DE SUITE : "IL EST FOU PARCE QUE CETTE FILLE A 15 ANS, PEUT-ÊTRE 16". 16 ANS, C'EST BIEN JEUNE POUR TOI !
ALORS, TU DIS NON ?
MAIS, LAISSE-MOI PARLER, NOM DE DIEU !... C'EST BIEN JEUNE, ET PEUT-ÊTRE QUE DANS 20 ANS, ELLE TE TROUVERA BIEN VIEUX, ET ELLE AURA QUELQUE GALANT...
TU NE LA CONNAIS PAS. UNE FILLE COMME ELLE, SI PAR HASARD ELLE ME VOULAIT...
UNE FILLE COMME ELLE, C'EST COMME LES AUTRES FILLES... MAIS QU'EST-CE QUE ÇA COMPTE ? DANS 20 ANS, LES PETITS SOUBEYRAN SERONT FAITS ET BIEN FAITS, PARCE QU'ELLE EST BELLE... ET JE SUIS D'ACCORD...
ET PUIS, ELLE PARAÎT PLUS QUE SON ÂGE. ELLE FAIT PRESQUE 18 ANS...
ALORS, TU L'AS VUE ?
BIEN SÛR.
QUAND?
CE MATIN... J'ÉTAIS CACHÉ SOUS LE GROS FIGUIER, ET JE L'AI BIEN VUE ...
TU SAIS À QUI ELLE RESSEMBLE ?...
À PERSONNE !
TAIS-TOI, FADA ! ... ELLE RESSEMBLE À QUELQU'UN QUE TU N'AS PAS CONNU.
... C'EST TOUT LE PORTRAIT DE SA GRAND-MÈRE ... FLORETTE DES ROMARINS, QUI ÉTAIT NÉE DANS CETTE FERME ...
QUAND EST-CE QUE TU LUI PARLERAS ?
JE NE SAIS PAS... POUR LE MOMENT, IL ME SUFFIT DE LA VOIR ...
AU FOND, TU AS LE TEMPS, MAIS FAIS BIEN ATTENTION, QU'IL N'EN VIENNE PAS UN AUTRE QUI SERA PLUS BEAU QUE TOI, ET QUI N'AURA PAS PEUR DE PARLER... CE SONT DES CHOSES QUI ARRIVENT ...
18

CETTE FOIS-CI, ELLE VA ÊTRE CONTENTE...
IL FAIT UN PEU PLUS DE 3 LIVRES, ET IL VAUT FACILEMENT 5 FRANCS.
AUJOURD'HUI, TANT PIS POUR LE PAPET, TANT PIS POUR LES ŒILLETS. JE RESTERAI JUSQU'À CE QU'ELLE AILLE AUX PIÈGES...
JE VEUX VOIR CE QU'ELLE VA FAIRE QUAND ELLE TROUVERA LE LIÈVRE. DE TOUT SÛR, ELLE VA DANSER ...
SI ELLE L'AVAIT VU, ELLE SERAIT DÉJÀ PARTIE..
FILE, FILE! LE VOILÀ QUI VIENT!
MALHEUREUSE, VA-T-EN VITE, C'EST UN COCHON, IL A DIT QU'IL TE FERAIT DES BISES!...

MADEMOISELLE...
JE SUIS HEUREUX DE VOUS RENCONTRER POUR VOUS REMERCIER DE M'AVOIR RENDU CET INSTRUMENT.
BON, IL LUI DIT MERCI ...
VOILÀ SON FRÈRE ...
IL EST POUR VOUS ...
ÇA Y EST, IL EN A ACHETÉ UN POUR ELLE ! UN COUTEAU QUI VAUT AU MOINS 7 FRANCS !... ÇA PROUVE QU'IL A DES IDÉES SUR ELLE ! ET PAS SEULEMENT DANS SES RÊVES !...
DES BISES ! JE T'EN FOUTRAI, MOI, DES BISES ! ...
OH, NON, MERCI, J'EN AI UN !... J'AI LE MIEN !... ET PUIS, IL EST TROP BEAU POUR MOI !...
PAS DU TOUT !... UN COUTEAU DE BERGER, CE N'EST PAS TROP BEAU POUR UNE BERGÈRE !... VOUS SAVEZ QU'IL A 4 LAMES, UN TIRE-BOUCHON, UN POINÇON, UNE LIME À ONGLES ...
... ET MÊME UNE PETITE PAIRE DE CISEAUX ... J'AI GARDÉ LE VÔTRE PENDANT PLUSIEURS JOURS, ET JE M'EN SUIS SERVIE !
ALORS, VOUS NE POUVEZ PLUS VOUS EN PASSER ! PRENEZ - LE !...
OH, NON, MERCI ... CE N'EST PAS LA PEINE, MERCI...
WOUAH ! WOUAH !
20

C'EST UNE VOLEUSE ! ELLE SURVEILLE MES PIÈGES MIEUX QUE MOI !...
ELLE A DEJÀ EMPORTÉ UN BEAU PERDREAU ET LE PIÈGE AVEC !
VOILÀ CE QU'ELLE CHERCHAIT, CETTE SALE BÊTE : UN LIÈVRE !
C'EST LE PREMIER QUE J'AIE PRIS AU COLLET. C'EST PARCE QU'IL EST JEUNE !... QUAND ILS SONT PLUS GROS, ILS EMPORTENT TOUT !
C'EST MOI QUE JE TE L'OFFRE, CETTE LIÈVRE, OUI, C'EST MOI, UGOLIN !
MAIS NON, ELLE NE LE VEUT PAS, TON COUTEAU, ÇA FAIT DEUX FOIS QU'ELLE TE DIT NON !...
EH BIEN, PUISQUE VOUS NE VOULEZ PAS ME DÉBARRASSER DE CET INSTRUMENT SUPERFLU, JE LE LAISSE SUR CETTE PIERRE ! IL FERA CERTAINEMENT PLAISIR À QUELQU'UN !
NON, ELLE NE LE PRENDRA PAS !... NON, NON, NON !
JE GARDE LE COUTEAU SI VOUS ACCEPTEZ LE LIÈVRE !!...
D'ACCORD !
MA LIÈVRE !
21

PAPET, COMMENT ON FAIT POUR PARLER AUX FILLES ?
ALORS, TU T'ES DÉCIDÉ, FINALEMENT ?
OUI, OUI, IL FAUT QUE JE COMMENCE LE PLUS TÔT POSSIBLE, PARCE QUE BELLE COMME ELLE EST, ON FINIRA PAR ME LA PRENDRE... ALORS, ÇA SERAIT MIEUX DE LUI PARLER TOUT DE SUITE. MAIS MOI, JE N'AI PAS L'HABITUDE, ALORS, EXPLIQUE-MOI UN PEU...
BON, ÉCOUTE-MOI BIEN. D'ABORD, OÙ C'EST QUE ÇA VA SE PASSER ?...
DANS LA COLLINE, NATURELLEMENT. JE M'APPROCHERAI EN FAISANT SEMBLANT DE CHERCHER DES CHAMPIGNONS, OU DES ESCARGOTS... COMME SI JE NE LA VOYAIS PAS... ET TOUT D'UN COUP JE LA VOIS, ET JE LUI PARLE !... ET QU'EST-CE QUE JE LUI DIS ?...
PAS SI VITE !... D'ABORD, C'EST PAS BIEN DE CHERCHER DES CHAMPIGNONS OU DES ESCARGOTS... ÇA FAIT PAUVRE !... QUAND ON EST RICHE, IL FAUT LE MONTRER. LE MIEUX, ÇA SERAIT DE FAIRE SEMBLANT D'ÊTRE À LA CHASSE AVEC UN JOLI COSTUME DE CHASSEUR...
OUI, IL NE FAUT PAS TE PRÉSENTER AVEC 10 FRANCS D'HABITS SUR LE DOS. UN COSTUME NEUF ! ET QUE ÇA SE VOIE ! UN VRAI COSTUME DE CHASSE, AVEC DES JAMBIÈRES ET UN CHAPEAU ! ET SURTOUT DES BRETELLES !
ÇA NE SE VOIT PAS, LES BRETELLES !
MALHEUREUX ! REMARQUE UN PEU LES GENS RICHES, ILS ONT TOUJOURS LES PANTALONS BIEN SUSPENDUS ! TANDIS QUE LES PAYSANS, AVEC LEUR TAILLOLE, LE CUL DE LEURS BRAILLES LEUR PENDOUILLE SUR LES JARRETS !...
TIENS, PHILOXÈNE, LE MAIRE, POUR FAIRE LES MARIAGES OU QUAND IL VA EN VILLE, IL MET LES BRETELLES... ET L'INSTITUTEUR, IL EN PORTE TOUS LES JOURS...
... ET APRÈS ?
APRÈS, UNE CRAVATE DE CHASSEUR, COMME UNE ESPÈCE DE FOULARD ! ALORS LÀ, TU AURAS L'AIR DE QUELQU'UN. ET TOUT ÇA, NOUS ALLONS LE TROUVER À AUBAGNE, AU GAI LABOUREUR, POUR PAS TROP CHER.
... ET UN PEU DE PARFUMERIE DANS LES CHEVEUX, QU'EST-CE QUE TU EN PENSES ?
JE CROIS QUE ÇA LEUR PLAÎT ! SI TOI, TU PEUX LE SUPPORTER. MOI, JE N'AI JAMAIS PU, ÇA M'ENTÊTE !
TABACS
AU GAI LABOUREUR
QUINCAILLERIE
GALINETTE, AVEC UN COSTUME COMME ÇA, TU PEUX TE MARIER LA FILLE DU PAPE !...
JE TROUVE QUE ÇA ME VA BIEN ! SI JE ME RENCONTRAIS, J'OSERAIS PAS ME PARLER !
22

GRRRR
GRRRR
PARDON, EXCUSEZ-MOI SI JE VOUS DÉRANGE... JE SUIS APRÈS UNE LIÈVRE QUE J'AI TIRÉE LÀ-HAUT, SUR LE PLATEAU, ET QUI EST SÛREMENT BLESSÉE...
MAIS... EST-CE QUE, PAR HASARD, VOUS NE SERIEZ PAS LA PETITE MANON, LA FILLE DU PAUVRE M. JEAN?...
JE VOIS QUE TU NE ME RECONNAIS PAS, ET C'EST TOUT NATUREL, PARCE QUE J'AI BEAUCOUP CHANGÉ. JE SUIS UGOLIN, L'AMI DE TON PAUVRE PÈRE!
ET TOI AUSSI, TU AS CHANGÉ. TU ES DEVENUE UNE VRAIE DEMOISELLE. ET IL FAUT BIEN TE REGARDER POUR TE RECONNAÎTRE!
ÇA DOIT T'ÉTONNER QUE DEPUIS SI LONGTEMPS, ON NE SE SOIT JAMAIS RENCONTRÉS DANS LA COLLINE, MAIS C'EST QUE MAINTENANT, JE N'AI PLUS LE TEMPS DE CHASSER.
C'EST À CAUSE DES OEILLETS... TU SAIS QUE J'AI FAIT DES PLANTATIONS D'OEILLETS!?
NON. JE NE LE SAVAIS PAS!
ON NE T'EN A PAS PARLÉ, À AUBAGNE?
...
NON.
POURTANT, TOUT LE MONDE EN PARLE, PARCE QUE DANS LE PAYS, IL N'Y A QUE MOI QUI AI EU L'IDÉE DE FAIRE DES OEILLETS!...
... ET PUIS, IL N'Y A PAS QUE L'IDÉE, IL FAUT SAVOIR... ET PUIS, IL FAUT UNE BONNE TERRE, ET BEAUCOUP DE TRAVAIL!
ET UNE SOURCE!
EH OUI. C'EST MÊME LE PLUS IMPORTANT.
JE LE SAIS.
ALORS, FIGURE-TOI QUE J'AI TRÈS BIEN RÉUSSI... J'AI GAGNÉ DE L'ARGENT, HUM BEAUCOUP D'ARGENT.
...
ÇA NE ME REGARDE PAS. SI VOUS ÊTES RICHE, TANT MIEUX POUR VOUS!...
ÉCOUTE!... NE T'EN VA PAS! JE VEUX TE DIRE QUELQUE CHOSE D'IMPORTANT! OUI, UNE COMMISSION POUR TA MÈRE!...
23

C'EST VRAI QUE VOUS HABITEZ AU PLANTIER AVEC BAPTISTINE ?
OUI, C'EST TOUT CE QUI NOUS RESTE, MAIS NOUS SOMMES CHEZ NOUS !
MOI, ÇA M'ENNUIE DE PENSER QUE VOUS ÊTES LÀ-HAUT, 3 FEMMES SEULES, CE N'EST PAS DE MA FAUTE, MAIS QUAND MÊME, ÇA ME FAIT UN PEU HONTE...
POURQUOI ? ÇA NE VOUS REGARDE PAS !
D'ACCORD, MAIS J'Y PENSE SOUVENT... EST-CE QUE ÇA NE TE FERAIT PAS PLAISIR DE REVENIR AUX ROMARINS ?
AVEC VOUS ?
MAIS NON ! MAIS NON ! MOI, J'AI TOUJOURS MA PETITE MAISON DE MASSACAN OÙ JE ME PLAISAIS BIEN, ET JE NE ME SENS PAS BIEN CHEZ MOI, AUX ROMARINS, PARCE QUE C'EST TOUJOURS LA MAISON DE M. JEAN. MAIS JE SUIS FORCÉ D'Y RESTER À CAUSE DES ŒILLETS...
TANDIS QUE SI TU ÉTAIS LÀ AVEC TA MÈRE ET BAPTISTINE, MOI, JE RETOURNERAIS À MASSACAN...
VOUS, VOUS PROFITERIEZ DE LA SOURCE, ET VOUS HABITERIEZ AU MILIEU DES FLEURS QUE TA MÈRE AIME TANT.
JE VOUS REMERCIE, MAIS NOUS SOMMES TRÈS BIEN AU PLANTIER, ET LES ROMARINS, POUR NOUS, CE SERAIT TROP TRISTE, NON, MERCI...
MANON, ÉCOUTE. JE SAIS BIEN POURQUOI TU DIS NON, C'EST PARCE QUE TU ES FIÈRE, TU NE VEUX JAMAIS ACCEPTER LES CADEAUX !... ÉCOUTE, POUR LA FIERTÉ, ÇA PEUT TRÈS BIEN S'ARRANGER ! LAISSE-MOI T'EXPLIQUER !
JE TE L'AI DIT, MON TRAVAIL, C'EST LES ŒILLETS, MAIS CE N'EST PAS LE TOUT DE PLANTER, IL FAUT ARROSER, IL FAUT AUSSI CUEILLIR ET FAIRE DES BOUQUETS... ET ÇA, DES FEMMES PEUVENT LE FAIRE !... ALORS TOI, TA MÈRE ET BAPTISTINE, ÇA M'AIDERAIT BEAUCOUP, ET JE VOUS PAIERAIS PAS MAL !
AH BON ! JE COMPRENDS !... VOUS AVEZ BESOIN DE DOMESTIQUES !...
MAIS NON, MAIS NON ! NE LE PRENDS PAS COMME ÇA ! MOI, EN SOUVENIR DE TON PÈRE, JE T'OFFRE LA MAISON ET UN PETIT TRAVAIL ! COMME ÇA, TU N'AURAS PAS L'IDÉE QUE JE TE FAIS LA CHARITÉ... MAIS, SURTOUT, CE QUE JE VOUDRAIS, C'EST DE TE SORTIR DE LA SAUVAGERIE, ET DE TE RENDRE SERVICE, EN AMI !
VOUS ÊTES TRÈS FORT POUR RENDRE SERVICE, MAIS ÇA FINIT TOUJOURS PAR VOUS PROFITER !!
À FORCE DE RENDRE SERVICE À MON PÈRE, VOUS HABITEZ DANS NOTRE MAISON, C'EST VOUS QUI AVEZ TROUVÉ LA SOURCE, ET C'EST VOUS QUI ÊTES DEVENU RICHE !
PEUT-ÊTRE VOUS N'AVEZ RIEN FAIT DE MAL... MAIS VOS SERVICES PORTENT MALHEUR !... ALORS, NE VOUS OCCUPEZ PAS DE NOUS ! NOUS N'AVONS BESOIN DE PERSONNE, ET SURTOUT PAS DE VOUS !...
24

MANON! NE COURS PAS! ÉCOUTE-MOI UNE MINUTE!... MANON, C'EST PAS VRAI! C'EST PAS POUR TE FAIRE TRAVAILLER!!
C'EST PARCE QUE JE T'AIME! MANON, JE T'AIME! JE T'AIME D'AMOUR!!
MANON, J'AI PAS OSÉ TE LE DIRE DE PRÈS, MAIS J'EN SUIS MALADE! ÇA M'ÉTOUFFE! JE T'AI VUE QUAND TU TE BAIGNAIS JE T'AI REGARDÉE LONGTEMPS! TU ÉTAIS BELLE! J'AI EU PEUR DE FAIRE UN CRIME!!
JE SUIS PARTI SOUS LES GENÊTS, ET TOI, TU M'AS LANCÉ DES PIERRES.
VIEUX COCHON!
C'EST PAS VRAI! JE SUIS PAS VIEUX! J'AI 30 ANS ET 50 000 FRANCS L'ANNÉE PROCHAINE!!...
ET PUIS, C'EST PAS POUR M'AMUSER! JE VEUX TE MARIER! C'EST ÇA LES BONS MÉNAGES, ET PUIS, DE FAMILLE, J'EN AI PAS: PERSONNE À NOURRIR!
LE GRAND-PÈRE EST MORT! LA GRAND-MÈRE EST MORTE! MON PÈRE S'EST PENDU QUAND J'ÉTAIS PETIT! MA MÈRE EST PARTIE DE LA GRIPPE! IL RESTE QUE LE PAPET! C'EST MON PARRAIN, LE PAPET! IL EST RICHE ET IL VA TOUT ME LAISSER, PARCE QUE JE SUIS LE DERNIER DES SOUBEYRAN!
IL EST VIEUX, IL VA CREVER BIENTÔT LE PAPET! NOUS AURONS LA GRANDE MAISON AU VILLAGE, ET TOUS LES ŒILLETS QUE J'AI FAITS POUR TOI, NOM DE DIEU, PARCE QUE JE T'AIME, JE T'AIME!
MANON, TU SERAS COMME UNE REINE! JE TE PAIERAI 2 FEMMES DE MÉNAGE! TU TE LÈVERAS QUAND TU VOUDRAS! JE TE PORTERAI LE CAFÉ AU LIT TOUS LES MATINS, OUI, NOM DE DIEU, PARCE QUE JE T'AIME!
MON AMOUR!
MON AMOUR
C'EST INCROYABLE CE QU'ELLE EST ADROITE...
25

ALORS, TU LUI AS PARLÉ ? ...
JE NE L'AI PAS VUE AUJOURD'HUI ... ELLE A DÛ ALLER À AUBAGNE, OU PEUT-ÊTRE À PICHAURIS, PORTER DU GIBIER...
SI C'EST PAS AUJOURD'HUI, CE SERA DEMAIN ...
OU MÊME PLUS TARD, IL VAUT MIEUX QUE JE M'HABITUE À CE COSTUME !...
TU ES SUPERBE !... TU SEMBLES À UN CHASSEUR DE MARSEILLE !
VA VITE TE CHANGER ...
PREMIÈREMENT, C'EST UNE SAUVAGE, ELLE N'A PAS L'HABITUDE DE PARLER AUX GENS, DEUXIÈMEMENT, ELLE EST TOUTE NEUVE, C'EST COMME LES CHÈVRES ! LA PREMIÈRE FOIS QU'ELLES VOIENT LE BOUC, ELLES EN ONT PEUR ...
C'EST TOUT NATUREL... ET PUIS, CE COSTUME EST PEUT-ÊTRE TROP BEAU... ÇA IMPRESSIONNE, ET ÇA NE FAIT PAS SÉRIEUX ... ET PUIS, J'AURAIS PAS DÛ LUI DIRE QUE JE L'AVAIS VUE SE BAIGNER, C'EST ÇA QUI L'A MISE EN COLÈRE ... ÇA L'A CONTRARIÉE... C'EST TOUT DE MA FAUTE ... TOUT ...
COMME ÇA ... IL SERA TOUJOURS SUR MON CŒUR..
26

MOI, LES PIÈGES DES AUTRES, JE N'Y TOUCHE JAMAIS, SURTOUT CEUX-LÀ !...
POURQUOI, CEUX-LÀ ?
PARCE QUE C'EST CEUX DE LA FILLE DU BOSSU... ELLE N'A PLUS QUE ÇA POUR VIVRE. ÇA SERAIT CRIMINEL DE LUI PRENDRE SES PIÈGES. APRÈS CE QUE NOUS LUI AVONS FAIT !...
QUOI, QUOI, QUOI ? DE QUOI TU PARLES ?... MOI, JE NE LUI AI JAMAIS RIEN FAIT !...
LA SOURCE ? TU NE LA CONNAISSAIS PAS, TOI, LA SOURCE DES ROMARINS !
PEUT-ÊTRE...
... ET TU SAIS BIEN QUE C'EST UGOLIN QUI L'A BOUCHÉE AVANT L'ARRIVÉE DU BOSSU.
MOI, EN TOUT CAS, J'Y SUIS POUR RIEN. ET PUIS LE PAPET NOUS AVAIT DIT QU'ELLE ÉTAIT PERDUE DEPUIS LONGTEMPS !!...
PERDUE ? PAS PERDUE POUR LES SOUBEYRAN. ILS ONT EU VITE FAIT DE LA SORTIR, QUAND ILS ONT PU METTRE LA MAIN SUR LA FERME !
ÇA NE TE FAISAIT RIEN, À TOI, DE VOIR LE MALHEUREUX SE CREVER POUR RIEN ?
EN TOUT CAS, MOI, ÇA NE M'A JAMAIS FAIT RIGOLER COMME LES AUTRES !
MOI, QUAND ILS EN PARLAIENT, JE M'EN ALLAIS, PARCE QUE JE PRÉFÉRAIS MIEUX NE PAS Y PENSER !
... ET PUIS, J'ALLAIS PAS ME METTRE EN TRAVERS DES AFFAIRES DES SOUBEYRAN POUR UNE HISTOIRE QUE J'ÉTAIS PAS BIEN SÛR, ET QUI NE ME REGARDAIT PAS !...
ET TOI, POURQUOI TU N'AS RIEN DIT ?
MOI, C'EST À CAUSE D'AMÉLIE. ELLE M'A FAIT UNE SCÈNE TERRIBLE !... QUE C'ÉTAIT HONTEUX DE S'OCCUPER DES AFFAIRES DES AUTRES, QUE LES BOSSUS, ÇA PORTE MALHEUR, QUE CELUI-LÀ, IL ÉTAIT DE CRESPIN, PATIN, COUFFIN, ET CETERA !
ELLE M'A FAIT JURER SUR MON ÉTABLI. MOI, DE JURER, ÇA NE ME GÊNE GUÈRE. CES CHOSES-LÀ, JE N'Y CROIS PAS. JE JURE. ALORS, ELLE ME FAIT UN OEIL GLACIAL, ET ELLE ME DIT : « REGARDE UN PEU SUR QUOI TU AS JURÉ ! » ...
ELLE SOULÈVE MON ÉQUERRE PLATE, ET ME FAIT VOIR UNE PHOTOGRAPHIE DE MA FILLE EN PREMIÈRE COMMUNIANTE !
OYAÏAÏE ! LÀ, ELLE T'AVAIT BIEN EMBARQUÉ !
EH, OUI, ELLE EST FORTE ! DU COUP, J'AI RIEN PU DIRE, MAIS ÇA ME TRACASSAIT QUAND MÊME !...
ALORS, UN MATIN, J'AI EMPORTÉ UN POT DE PEINTURE NOIRE, ET PRÈS DE LA MAISON DU BOSSU, J'AI PEINT 2 FLÈCHES NOIRES, SUR DES PIERRES BLANCHES...
POURQUOI ?
CES 2 FLÈCHES POINTAIENT VERS LA SOURCE. COMME ÇA, JE N'AVAIS PAS PARLÉ, ET SI LE PAUVRE HOMME AVAIT EU L'IDÉE DE VISER AVEC LES FLÈCHES, IL AURAIT CREUSÉ AU BON ENDROIT...
27

... ET EN 4 COUPS DE PIOCHE, L'EAU LUI AURAIT SAUTÉ À LA FIGURE!
PAPA, VIENS VOIR!
CE N'EST PAS BIEN SEC, QU'EST-CE QUE C'EST? ...
PEUT-ÊTRE CETTE FLÈCHE MARQUE UN ITINÉRAIRE POUR LES EXCURSIONNISTES...
OU ALORS, C'EST UNE FLÈCHE D'ORIENTATION, SANS DOUTE L'ARMÉE, OU PEUT-ÊTRE POUR LES EAUX ET FORÊTS ...
LE FUSIL, C'EST TROP DANGEREUX, JE RISQUE DE LE MANQUER, ET PUIS, LES GENDARMES VIENDRONT, PARCE QU'ON VERRA QU'ON L'A TUÉ !... IL Y A BEAUCOUP MIEUX : LE FEU.
28

BÊÊÊÊ
BÊÊÊ
BÊÊÊ
BÊÊÊ
BÊÊÊÊ
UNE GROTTE ...
L'EAU DES COLLINES! CELLE QUI AURAIT PU SAUVER PAPA !...
29

LE SABLE ROUGE DU BASSIN DE LA PERDRIX.
L'HOMME A DIT QUE L'EAU DU BASSIN ROUGISSAIT LÉGÈREMENT APRÈS LES GROS ORAGES. 7 OU 8 HEURES APRÈS...
NON, CETTE EAU NE VIENT PAS DE LÀ. OU ALORS, JE N'AI PAS ASSEZ REMUÉ LE FOND...
!
30

« IL Y EN A QUE ÇA FAISAIT RIGOLER... »
L'EAU CESSERA PROBABLEMENT D'ARRIVER AU BASSIN VERS 7 HEURES DU MATIN...
MAIS LA SOURCE DES ROMARINS QUI EST UN PEU PLUS PRÈS SERA SANS DOUTE TARIE PLUS TÔT...
...TANDIS QUE LA FONTAINE DU VILLAGE SERA ENCORE ALIMENTÉE PAR LA PROVISION DU BASSIN JUSQU'À MIDI, PEUT-ÊTRE PLUS TARD ...
BAPTISTINE, J'AI BESOIN DE TOI... TOUT À L'HEURE, NOUS IRONS CUEILLIR DES FLEURS DANS LA COLLINE, ET TU IRAS LES PORTER AU CIMETIÈRE ...
JUSTEMENT, J'AI ENVIE D'Y ALLER PARLER À MON GIUSEPPE, ET À NOTRE MAÎTRE...
J'Y VAIS TOUT DE SUITE ? ...
NON, À 11 HEURES... JE T'ACCOMPAGNERAI JUSQU'AUX BARRES DU SAINT-ESPRIT AVEC LES CHÈVRES ET JE T'ATTENDRAI...
31

CERCLE RÉPUBLICAIN - BAR - TABAC
BOULANGERIE
CRÈVENT LES PORCS! CRÈVENT LES CHÈVRES! TOMBE L'OLIVE!... SÈCHENT LES FÈVES!
LES FEMMES STÉRILES! LES HOMMES BORGNES!... LES VIEUX TOUT TORDUS, LA GRÊLE SUR LA VIGNE!...
TABAC
LES RATS DANS LA CAVE! LE FEU DANS LA GRANGE! LE TONNERRE SUR L'ÉGLISE!
?
EH LÀ, MAIS VOUS ÊTES FOLLE, MA PAUVRE VIEILLE!!...
CLING
ATTENTION, ELLE NOUS JETTE LE SORT! Hiiiiii! Hiiiiii!
Provençal
C'EST LA JETTATURA!! VOUS ÊTES TOUS PERDUS!!...
UBLICAIN
TABAC
QU'EST-CE QUE ÇA VEUT DIRE DE CASSER LES VITRES DES GENS? SURTOUT QUAND ON N'A PAS UN FRANC POUR PAYER LES DÉGÂTS...
HIER, J'AI ÉTÉ OBLIGÉ DE METTRE LE CORPS DE SON PAUVRE GIUSEPPE À LA FOSSE COMMUNE! PARCE QUE L'ENTREPRENEUR N'AVAIT PAYÉ QU'UNE CONCESSION DE 2 ANS, ET QU'IL FALLAIT FAIRE DE LA PLACE...
JE LUI AI EXPLIQUÉ TOUT À L'HEURE, EN LUI DONNANT LA CLÉ, MAIS ELLE NE L'A COMPRIS QUE MAINTENANT!
QU'EST-CE QUE TU AS, BAPTISTINE, MA BELLE? QU'EST-CE QU'ILS T'ONT FAIT?
ILS L'ONT SORTI DE LA BELLE BOÎTE, MON GIUSEPPE, ET ILS L'ONT TOUT MÉLANGÉ AVEC LES AUTRES!... AVEC DES GENS QU'ON CONNAÎT PAS, ET QUE PEUT-ÊTRE ILS ONT DES SALES MALADIES!
... ET AU GIUDICO FINALE, COMMENT IL FERA POUR RETROUVER SES OS??!...
... MAIS CES GENS DU VILLAGE, JE LEUR AI FAIT LA JETTATURA LA PLUS MAUVAISE, ET ÇA LEUR PORTERA MALHEUR!! ...
NE T'INQUIÈTE PAS, LA MADONE ARRANGERA TOUT, ET TU REVERRAS TON GIUSEPPE TOUT ENTIER! ...
... ET MON PÈRE??! ILS N'ONT PAS TOUCHÉ À SA TOMBE??!...
JE NE SAIS PAS! J'ÉTAIS TELLEMENT MALHEUREUSE QUE JE N'AI PAS REGARDÉ! ILS ONT FAIT DES TROUS PARTOUT! ...
32

TOUT ÇA, C'EST DES HISTOIRES DE MÉMÉS ...
TU VERRAS, TU VERRAS ! MOI, J'AI CONNU LA SORCIÈRE DES OMBRÉES, QUI POUVAIT FAIRE CREVER UN MULET OU UNE CHÈVRE AVEC 4 MOTS ! ...
... ET LA PIÉMONTAISE EN A DIT PLUS DE 4 ! MOI, JE NOUS VOIS MAL PARTIS !...
EN TOUT CAS, MA FEMME REVENAIT DU JARDIN QUAND LA VIEILLE A JETÉ CE SORT, ET QUAND ELLE EST ARRIVÉE À LA MAISON, LE RAGOÛT ÉTAIT TOUT BRÛLÉ, ET LA GRAND-MÈRE ÉTAIT TOMBÉE DANS L'ESCALIER !
ET SELON VOUS, CES 2 MALHEURS DOMESTIQUES SONT LE RÉSULTAT DE LA MALÉDICTION ? ...
JE N'EN SUIS PAS SÛR, MAIS QUAND MÊME ... JE LE CROIS UN PEU ...
VÉ, VÉ, QU'EST-CE QUE JE VOIS ?!...
QU'EST-CE QUE VOUS AVEZ FAIT, AU CIMETIÈRE ? ...
ON A CHANGÉ DE PLACE LE PAUVRE BÛCHERON, PARCE QU'IL N'AVAIT PAS DE CONCESSION À PERPÉTUITÉ !...
ET... ET MON PÈRE ?!...
ON N'Y A PAS TOUCHÉ !... ET ON N'Y TOUCHERA JAMAIS !...
EST-CE QUE JE PEUX AVOIR LA CLÉ DU CIMETIÈRE ?
À CONDITION DE NE PAS ENSUITE VENIR CASSER UNE AUTRE VITRE !... COMME VOTRE AMIE !...
SURPRENANTE ET ADORABLE CRÉATURE ! ...
ÇA DOIT QUAND MÊME TE FAIRE PLAISIR DE LE VOIR DE PRÈS, TON BEL OISEAU DORÉ !!
PAPET PAPET
LA SOURCE ! ELLE S'EST ARRÊTÉE !!
QU'EST-CE QUE TU RACONTES ?!
DEPUIS CE MATIN, ÇA NE COULE PLUS !
J'AI CREUSÉ UNE TRANCHÉE, J'AI RENTRÉ DES BÂTONS DANS LE TROU, RIEN, RIEN ! BONNE MÈRE, QU'EST-CE QU'IL FAUT FAIRE ?! ...
C'EST CAPRICIEUX, LES SOURCES, SURTOUT LA TIENNE !...
AUTREFOIS, ELLE COULAIT, PUIS, QUAND EST VENU LE MONSIEUR DE LA VILLE, ELLE S'EST ARRÊTÉE ...
PUIS, QUAND TU ES VENU, ELLE A COULÉ POUR TOI, PUIS, D'UN COUP, ELLE S'ARRÊTE. C'EST SON CARACTÈRE MAIS NE T'EN FAIS PAS, D'ICI 3 MOIS, ELLE REVIENDRA ! ...
MAIS, MALHEUREUX, TOUS MES OEILLETS SONT EN BOUTONS, DES OEILLETS DE LUXE ! DES SPÉCIALITÉS ! 8 JOURS SANS EAU, TOUT EST FOUTU !!
IL EN A FAIT 15 000 !...
IL VOUS RESTE LA CITERNE !
ELLE ME FERA 2 JOURS, MAIS PAS PLUS ! TOI, TU LE SAIS BIEN QU'AVEC LA CITERNE, ON NE PEUT RIEN FAIRE !!
EH OUI, ELLE EST BIEN PLACÉE POUR LE SAVOIR
33

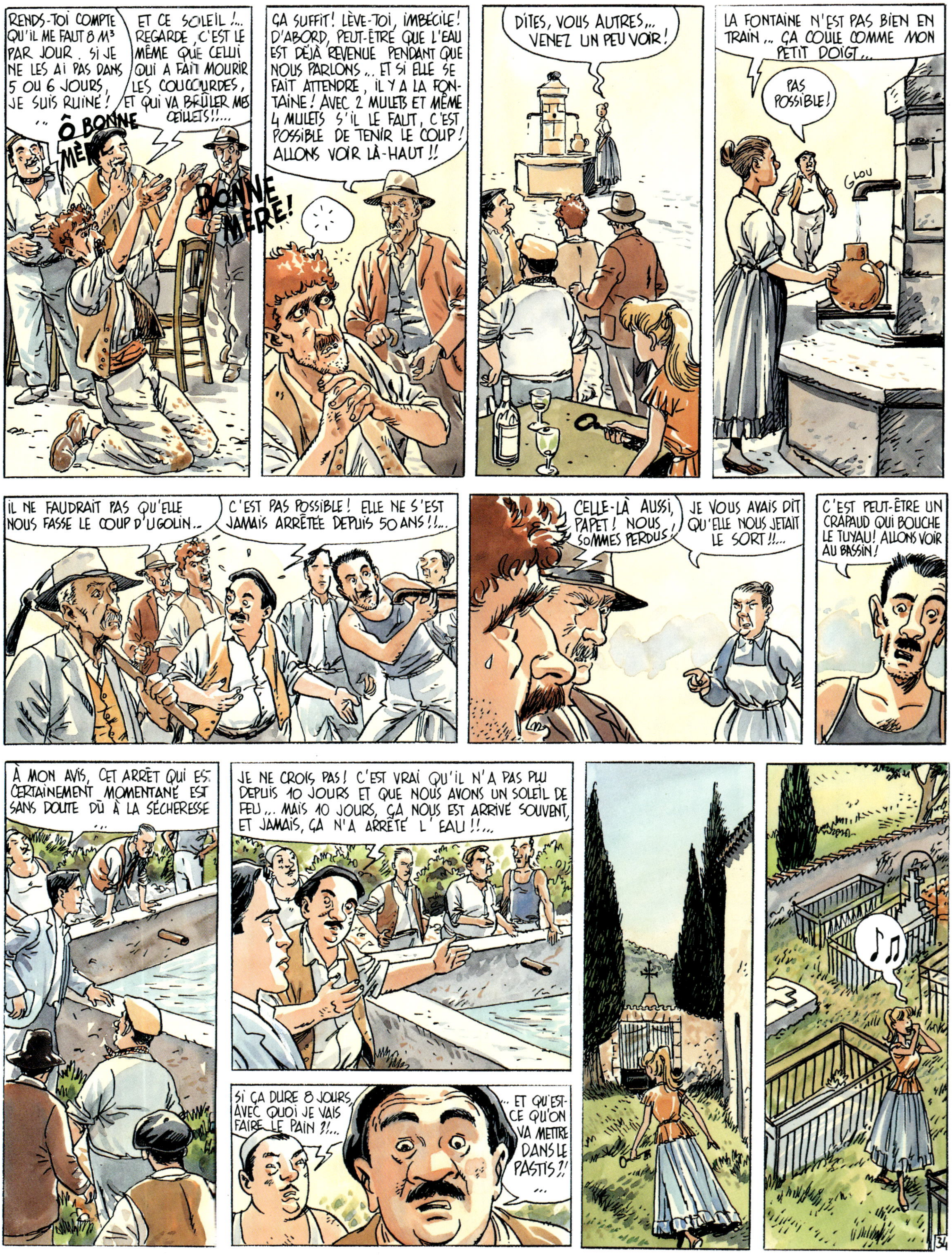

RENDS-TOI COMPTE QU'IL ME FAUT 8 M³ PAR JOUR. SI JE NE LES AI PAS DANS 5 OU 6 JOURS, JE SUIS RUINÉ!...
ET CE SOLEIL!... REGARDE, C'EST LE MÊME QUE CELUI QUI A FAIT MOURIR LES COUCOURDES, ET QUI VA BRÛLER MES OEILLETS!!...
Ô BONNE MÈRE
BONNE MÈRE!
ÇA SUFFIT! LÈVE-TOI, IMBÉCILE! D'ABORD, PEUT-ÊTRE QUE L'EAU EST DÉJÀ REVENUE PENDANT QUE NOUS PARLONS... ET SI ELLE SE FAIT ATTENDRE, IL Y A LA FONTAINE! AVEC 2 MULETS ET MÊME 4 MULETS S'IL LE FAUT, C'EST POSSIBLE DE TENIR LE COUP! ALLONS VOIR LÀ-HAUT!!
DITES, VOUS AUTRES... VENEZ UN PEU VOIR!
LA FONTAINE N'EST PAS BIEN EN TRAIN... ÇA COULE COMME MON PETIT DOIGT...
PAS POSSIBLE!
GLOU
IL NE FAUDRAIT PAS QU'ELLE NOUS FASSE LE COUP D'UGOLIN...
C'EST PAS POSSIBLE! ELLE NE S'EST JAMAIS ARRÊTÉE DEPUIS 50 ANS!!...
CELLE-LÀ AUSSI, PAPET! NOUS SOMMES PERDUS!
JE VOUS AVAIS DIT QU'ELLE NOUS JETAIT LE SORT!!...
C'EST PEUT-ÊTRE UN CRAPAUD QUI BOUCHE LE TUYAU! ALLONS VOIR AU BASSIN!
À MON AVIS, CET ARRÊT QUI EST CERTAINEMENT MOMENTANÉ EST SANS DOUTE DÛ À LA SÉCHERESSE...
JE NE CROIS PAS! C'EST VRAI QU'IL N'A PAS PLU DEPUIS 10 JOURS ET QUE NOUS AVONS UN SOLEIL DE FEU... MAIS 10 JOURS, ÇA NOUS EST ARRIVÉ SOUVENT, ET JAMAIS, ÇA N'A ARRÊTÉ L'EAU!!...
SI ÇA DURE 8 JOURS, AVEC QUOI JE VAIS FAIRE LE PAIN?!...
... ET QU'EST-CE QU'ON VA METTRE DANS LE PASTIS?!...
♪♫
34

VA, VA, JEAN, JE SAIS BIEN QUE C'EST TOI QUI M'AS COUPÉ LA SOURCE ! ... C'EST BIEN FAIT, JE L'AI BIEN MÉRITÉ !... MAIS TU SAIS BIEN QUE C'EST PAS POUR MOI QUE JE TRAVAILLE !...
TU SAIS BIEN QUE TOUTES CES FLEURS, C'EST POUR ELLE, ET C'EST POUR LUI GAGNER DES SOUS! ...
ÉCOUTE, JE TE CONNAIS, TU ES BRAVE, TU ES AU PARADIS, TU VOIS BIEN QUE J'AI LES PIEDS TELLEMENT GONFLÉS, QUE JE PEUX PLUS ME TIRER LES SOULIERS!!..
TU VOIS BIEN QUE LE MULET VA CREVER ET QUE SI ÇA CONTINUE, ENCORE 8 JOURS, LES OEILLETS SONT PERDUS QUAND MÊME !!...
ALLEZ, ZOU, AU NOM DU PÈRE, DU FILS ET DU SAINT-ESPRIT, RENDS-NOUS LA SOURCE DE TA FILLE, AINSI SOIT-IL, AMEN, NOM DE DIEU!!..
LA FONTAINE NE COULE PLUS!
C'EST UN DÉSASTRE!
SI VOUS VOULEZ DU PAIN, APPORTEZ-MOI DE L'EAU! ...
NGERIE
SSERIE
ALLÔ, LA PRÉFECTURE, ALORS, VOUS NOUS L'ENVOYEZ, LE SPÉCIALISTE ?! TOUS LES MATINS, JE VOUS TÉLÉPHONE!
DEMAIN ?!
OUI, OUI.
ÇA Y EST, LA PRÉFECTURE NOUS ENVOIE UN INGÉNIEUR DU GÉNIE RURAL! ...
C'EST PAS TROP TÔT!
35

LA SÉANCE EST OUVERTE.
VOILÀ, J'AI RÉUNI LE CONSEIL POUR CETTE QUESTION DE L'EAU ...
CE N'EST PAS UNE QUESTION, C'EST UNE CATASTROPHE !
PARFAITEMENT. C'EST UNE CATASTROPHE. MAIS GRÂCE À MES EFFORTS PERSONNELS, ET GRÂCE À MON TÉLÉPHONE, J'AI PU APPELER À NOTRE SECOURS LE GÉNIE RURAL, ET LE GÉNIE RURAL, LE VOILÀ !
MESSIEURS, J'AI ÉTUDIÉ LE PROBLÈME, ET JE NE PUIS MIEUX FAIRE QUE DE VOUS LIRE LE RAPPORT QUE J'AI ÉTABLI CETTE NUIT POUR L'INGÉNIEUR EN CHEF...
LA SOURCE DE LA PERDRIX QUI ALIMENTAIT JUSQU'ICI LA FONTAINE DU VILLAGE ÉTAIT LA PLUS IMPORTANTE ET LA PLUS CONSTANTE DE LA RÉGION...
ELLE SORTAIT D'UNE FISSURE ENTRE 2 COUCHES DE CALCAIRE QUI APPARTIENNENT AU CRÉTACE SUPÉRIEUR. IL NE S'AGIT DONC PAS D'UNE SOURCE ISSUE D'UNE DIACLASE, MAIS D'UNE RÉSURGENCE DE TYPE VAUCLUSIEN...
NE CONFONDONS PAS !!...
OR, LE 26 AOÛT DERNIER, LA FONTAINE FUT BRUSQUEMENT TARIE ET LE VILLAGE SE TROUVE TOTALEMENT PRIVÉ D'EAU... APPELÉ PAR M. LE MAIRE, ET MANDATÉ PAR L'ADMINISTRATION, NOUS AVONS RECHERCHÉ LA CAUSE DE CE DÉPLORABLE ACCIDENT... TOUT D'ABORD, QUELLE ÉTAIT L'ORIGINE DE CETTE EAU ?...
NOUS AVONS PAR BONHEUR UN TRÈS PRÉCIEUX DOCUMENT !
ÇA DEVIENT INTÉRESSANT ...
EN EFFET, MES SERVICES ONT MENÉ DES EXPÉRIENCES QUI NOUS ONT PERMIS DE TRACER DE FAÇON DÉFINITIVE LA COURBE ISOCHRONOCHROMATIQUE, QUI COMBINÉE AVEC LA COURBE ISOGRADHYDROTIMÉTRIQUE, NOUS DONNE UNE PARFAITE REPRÉSENTATION DE L'OROGRAPHIE DU BASSIN HYDROGÉOLOGIQUE.
À LA TIENNE, ÉTIENNE !!
C'EST UN SAVANT, C'EST UN VRAI SAVANT ...
EVIDEMMENT, ÇA NE RÉSOUT PAS VOTRE PROBLÈME, MAIS NOUS PERMET DE LE POSER CORRECTEMENT ET DE VOUS DIRE QU'IL NE SERA PAS FACILE D'EN TROUVER LA SOLUTION.
LA LONGUEUR DU TRAJET SOUTERRAIN REND D'AUTANT PLUS DIFFICILE LA LOCALISATION DE L'ACCIDENT QUI PEUT ÊTRE EXPLIQUÉ PAR 3 HYPOTHÈSES DIFFÉRENTES...
JE DEMANDE LA PAROLE !
C'EST PAS LE MOMENT !!...
CE QUE JE VEUX DIRE, C'EST COURT !... MOI, JE TROUVE QU'AU LIEU DE PARLER SI LONGTEMPS, IL DEVRAIT D'ABORD NOUS REMETTRE L'EAU ET IL NOUS EXPLIQUERAIT APRÈS !
CHER MONSIEUR, IL ME SEMBLE QUE VOUS ME PRENIEZ POUR LE FONTANIER QUI N'A QU'À OUVRIR LA PRISE AVEC SA CLÉ !... VOUS ALLEZ VOIR QU'IL N'EN EST RIEN !!...
36

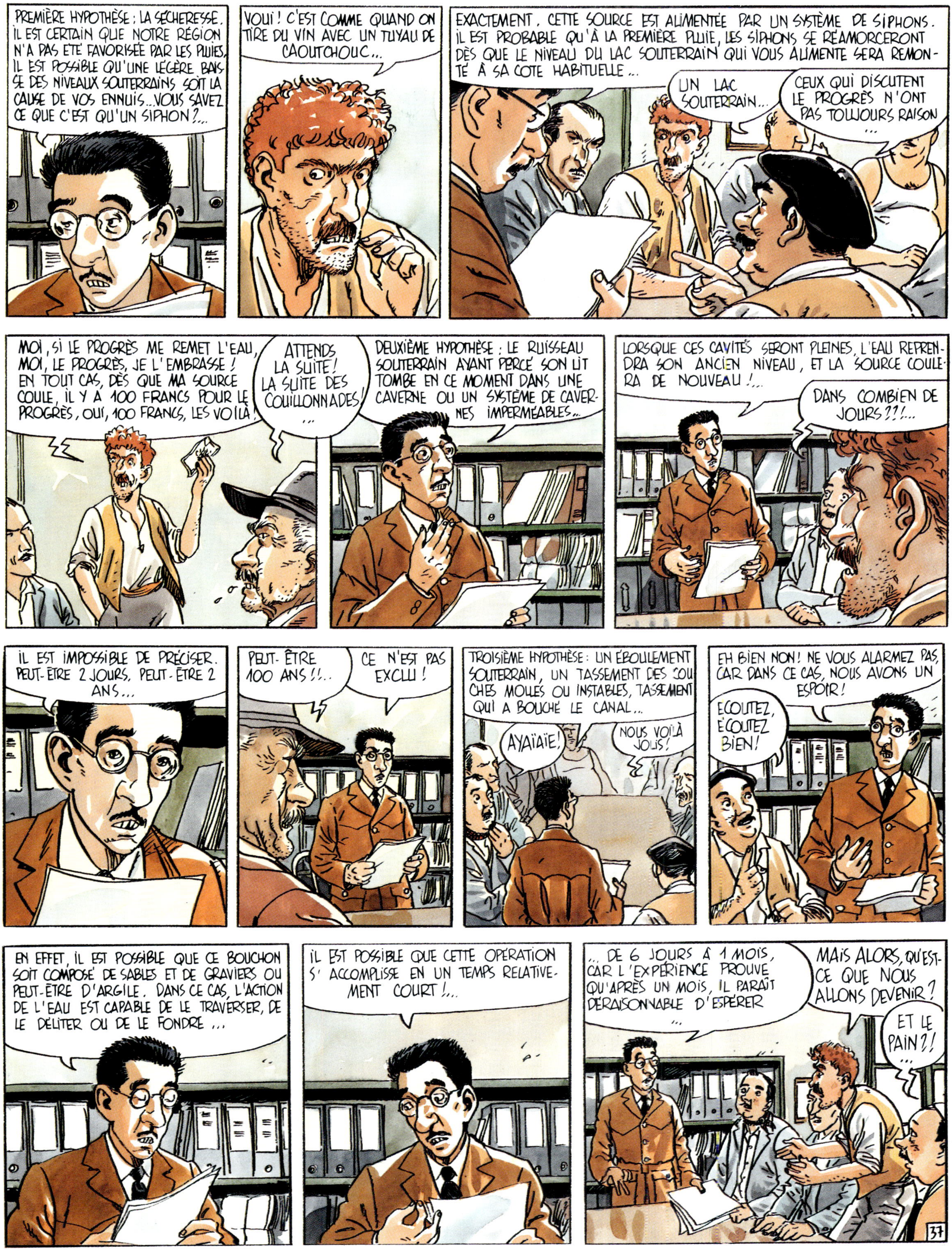
PREMIÈRE HYPOTHÈSE : LA SÉCHERESSE. IL EST CERTAIN QUE NOTRE RÉGION N'A PAS ÉTÉ FAVORISÉE PAR LES PLUIES. IL EST POSSIBLE QU'UNE LÉGÈRE BAISSE DES NIVEAUX SOUTERRAINS SOIT LA CAUSE DE VOS ENNUIS... VOUS SAVEZ CE QUE C'EST QU'UN SIPHON ?...
VOUI ! C'EST COMME QUAND ON TIRE DU VIN AVEC UN TUYAU DE CAOUTCHOUC...
EXACTEMENT. CETTE SOURCE EST ALIMENTÉE PAR UN SYSTÈME DE SIPHONS. IL EST PROBABLE QU'À LA PREMIÈRE PLUIE, LES SIPHONS SE RÉAMORCERONT DÈS QUE LE NIVEAU DU LAC SOUTERRAIN QUI VOUS ALIMENTE SERA REMONTÉ À SA COTE HABITUELLE...
UN LAC SOUTERRAIN...
CEUX QUI DISCUTENT LE PROGRÈS N'ONT PAS TOUJOURS RAISON...
MOI, SI LE PROGRÈS ME REMET L'EAU, MOI, LE PROGRÈS, JE L'EMBRASSE ! EN TOUT CAS, DÈS QUE MA SOURCE COULE, IL Y A 100 FRANCS POUR LE PROGRÈS, OUI, 100 FRANCS, LES VOILÀ !
ATTENDS LA SUITE ! LA SUITE DES COUILLONNADES !...
DEUXIÈME HYPOTHÈSE : LE RUISSEAU SOUTERRAIN AYANT PERCÉ SON LIT TOMBE EN CE MOMENT DANS UNE CAVERNE OU UN SYSTÈME DE CAVERNES IMPERMÉABLES...
LORSQUE CES CAVITÉS SERONT PLEINES, L'EAU REPRENDRA SON ANCIEN NIVEAU, ET LA SOURCE COULERA DE NOUVEAU !...
DANS COMBIEN DE JOURS ?!!...
IL EST IMPOSSIBLE DE PRÉCISER. PEUT-ÊTRE 2 JOURS, PEUT-ÊTRE 2 ANS...
PEUT-ÊTRE 100 ANS !!...
CE N'EST PAS EXCLU !
TROISIÈME HYPOTHÈSE : UN ÉBOULEMENT SOUTERRAIN, UN TASSEMENT DES COUCHES MOLLES OU INSTABLES, TASSEMENT QUI A BOUCHÉ LE CANAL...
AYAÏAÏE !
NOUS VOILÀ JOLIS !
EH BIEN NON ! NE VOUS ALARMEZ PAS, CAR DANS CE CAS, NOUS AVONS UN ESPOIR !
ÉCOUTEZ, ÉCOUTEZ BIEN !
EN EFFET, IL EST POSSIBLE QUE CE BOUCHON SOIT COMPOSÉ DE SABLES ET DE GRAVIERS OU PEUT-ÊTRE D'ARGILE. DANS CE CAS, L'ACTION DE L'EAU EST CAPABLE DE LE TRAVERSER, DE LE DÉLITER OU DE LE FONDRE...
IL EST POSSIBLE QUE CETTE OPÉRATION S'ACCOMPLISSE EN UN TEMPS RELATIVEMENT COURT !...
... DE 6 JOURS À 1 MOIS, CAR L'EXPÉRIENCE PROUVE QU'APRÈS UN MOIS, IL PARAÎT DÉRAISONNABLE D'ESPÉRER...
MAIS ALORS, QU'EST-CE QUE NOUS ALLONS DEVENIR ?
ET LE PAIN ?!...
37

POUR VOS BESOINS DOMESTIQUES, JE PEUX VOUS ENVOYER DE L'EAU...
ET POUR MES OEILLETS !?
NE NOUS CASSE PAS LES PIEDS ! TES OEILLETS, C'EST QUE DE L'ARGENT, ET JUSTEMENT, TU N'EN AS PAS BESOIN !!...
ET TOI, TON PAIN, TU NE LE FAIS PAS PAYER ?!!...
LE PAIN D'ABORD ! LES FLEURS, C'EST POUR LE CIMETIÈRE : ÇA PEUT ATTENDRE ! CONTINUEZ, MONSIEUR L'INGÉNIEUR !
JE PUIS VOUS ENVOYER UN CAMION-CITERNE DE 5000 LITRES PAR JOUR POUR COUVRIR VOS BESOINS LES PLUS URGENTS, MAIS C'EST UN GROS EFFORT DE MON ADMINISTRATION, ET IL EST DOUTEUX QU'ELLE LE PROLONGE PLUS D'UN MOIS...
ET MES OEILLETS ? COMBIEN VOUS M'ENVOYEZ POUR MES OEILLETS ?!
MERDE !!
ET ALORS, SI L'EAU NE REVIENT PAS, QU'EST-CE QUE VOUS POURREZ FAIRE POUR NOUS ?!
JE POURRAI VOUS FAIRE MES CONDOLÉANCES, ET VOUS CONSEILLER D'ALLER CULTIVER LA TERRE AILLEURS. IL NE MANQUE PAS DE VILLAGES DÉPEUPLÉS, QUI ONT DE L'EAU EN ABONDANCE, ET QUI SERONT HEUREUX DE VOUS ACCUEILLIR...
?!
?!
NON, MONSIEUR, NON. LE CONSEIL MUNICIPAL NE PEUT PAS ACCEPTER ÇA !!...
JE CROIS POUVOIR VOUS AFFIRMER QUE L'AUTORITÉ DES CONSEILS MUNICIPAUX SUR LES PHÉNOMÈNES SOUTERRAINS PEUT ÊTRE MESURÉE PAR UN NOMBRE VOISIN DE ZÉRO.
J'EN ÉTAIS SÛR ! JE LE SAVAIS QUE ÇA FINIRAIT COMME ÇA ! LUI, C'EST UN MENTEUR, LE MAIRE, C'EST UN COUILLON, ET MOI, JE ME RÉGALE ! C'EST ÇA, L'ADMINISTRATION ! LA VOILÀ, L'ADMINISTRATION !
MONSIEUR, J'AI L'HONNEUR DE VOUS INFORMER QUE L'ADMINISTRATION VOUS EMMERDE !...
LE CAMION VIENDRA APRÈS-DEMAIN, DIMANCHE. MESSIEURS, JE VOUS SALUE...
38

CERCLE REPUBL
OH, VOUS AUTRES, VOUS NE VENEZ PAS À LA MESSE ?... LE CURÉ VA PARLER DE LA FONTAINE...
ET ALORS, NOUS AUSSI, NOUS EN PARLONS !
...
VÉ, VÉ, À QUI EST-CE QU'ELLE A SOURI ?!...
C'EST À MOI !!... PAS VRAI, MONSIEUR L'INSTITUTEUR ?!...
ALORS, EST-CE QU'ON Y VA ?
OUI, ON Y VA PARCE QUE JE CROIS QU'AUJOURD'HUI, ÇA NOUS INTÉRESSERA ! ALLEZ, ZOU !!...
MES FRÈRES, JE SUIS BIEN CONTENT DE VOUS VOIR TOUS RÉUNIS.
IL Y A TOUTE LA PAROISSE, ET JE VOIS MÊME UN PETIT GROUPE DE GENS TRÈS INTELLIGENTS, TROP, PEUT-ÊTRE, QUI D'HABITUDE PASSENT LE TEMPS DE LA SAINTE MESSE À LA TERRASSE DU CAFÉ !
EH BIEN, QU'ILS SOIENT BIENVENUS !... DONC, JE SUIS TRÈS HEUREUX DE VOIR TOUT LE MONDE, MAIS D'UN AUTRE CÔTÉ, JE SUIS FURIEUX, ET JE VAIS VOUS DIRE POURQUOI.
QUAND J'ÉTAIS JEUNE, NOUS AVIONS UN COUSIN QUI S'APPELAIT ADOLPHIN. IL NE VENAIT JAMAIS NOUS VOIR, NI POUR LES FÊTES, NI POUR LES NAISSANCES, MÊME PAS POUR LES MORTS, MAIS DE TEMPS EN TEMPS J'ENTENDAIS MON PÈRE QUI DISAIT : TIENS, VOILÀ L'ADOLPHIN, IL DOIT AVOIR BESOIN DE QUELQUE CHOSE !...
EH BIEN, MES AMIS, CE QUE VOUS FAITES AUJOURD'HUI AU BON DIEU, C'EST LE COUP DE L'ADOLPHIN !
MAIS IL NE FAUT PAS VOUS IMAGINER QUE LE BON DIEU SOIT PLUS NAÏF QUE MON PAUVRE PÈRE. IL SAIT BIEN QUE VOUS ÊTES LÀ PARCE QUE LA SOURCE NE COULE PLUS.
MAINTENANT, CETTE SOURCE, IL FAUT QUE JE VOUS EN PARLE SÉRIEUSEMENT : CETTE EAU, SI PURE, ET SI ABONDANTE, JUSQU'ICI, POURQUOI S'EST-ELLE TARIE ?...
À LA DEMANDE DE M. LE MAIRE, L'ÉTAT NOUS A ENVOYÉ UN INGÉNIEUR QUI A COMMENCÉ À ENSUQUER TOUT LE MONDE AVEC DES MOTS D'UN KILOMÈTRE. ENSUITE, AVEC BEAUCOUP DE SCIENCE, IL A DIT QUE PEUT-ÊTRE L'EAU REVIENDRAIT ET QUE PEUT-ÊTRE ELLE NE REVIENDRAIT PAS, IL A CONSEILLÉ DE CHARGER LES MEUBLES SUR DES CHARRETTES ET D'ALLER S'INSTALLER AILLEURS, PAS PLUS !...
EH BIEN, MOI, CE SAVANT, JE NE LE CROIS PAS... PARCE QUE JE ME MÉFIE DES INGÉNIEURS. CE SONT DES GENS QUI PIOCHENT TOUT LE TEMPS, ET QUI NE PLANTENT QUE DES PYLÔNES !
39

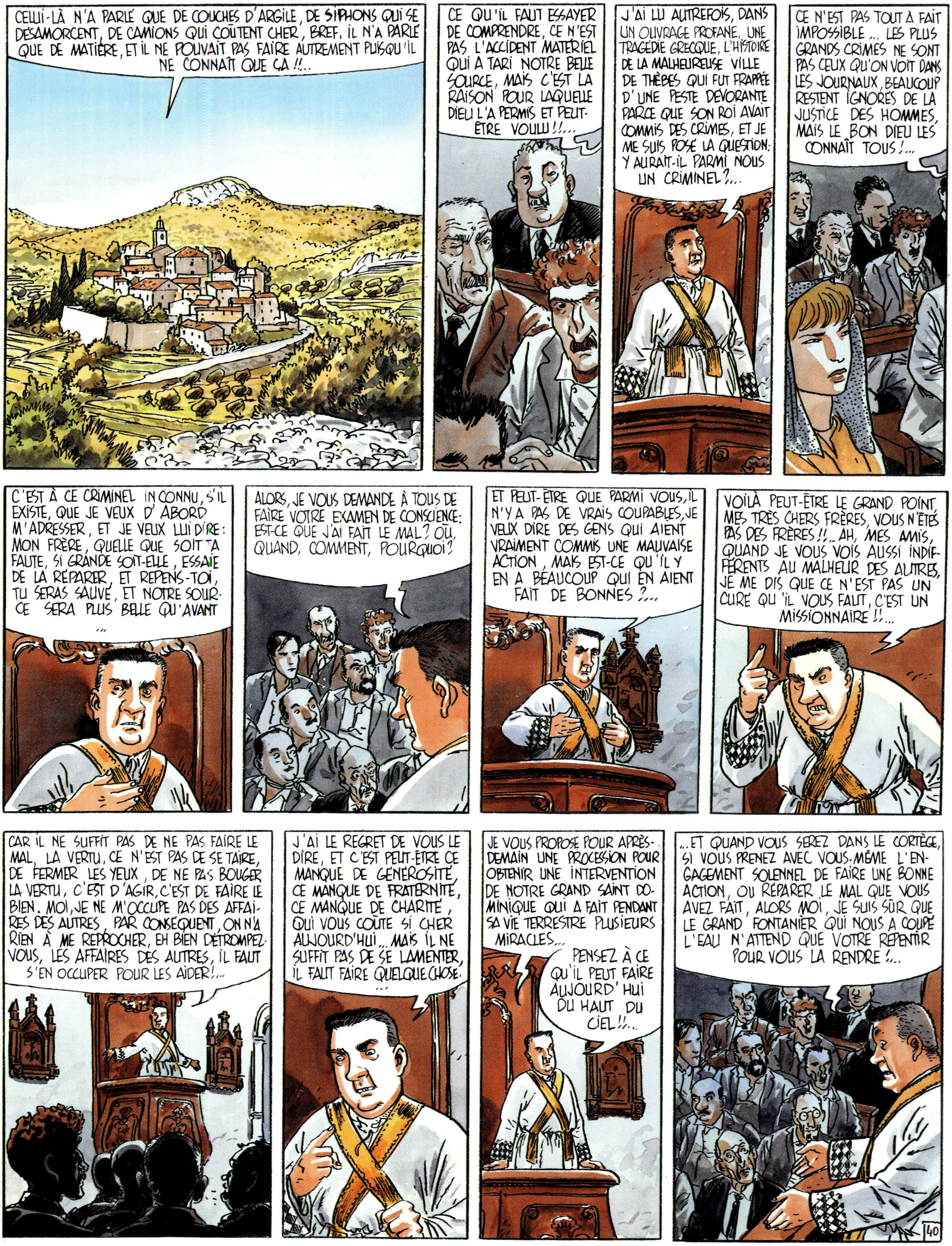
CELUI-LÀ N'A PARLÉ QUE DE COUCHES D'ARGILE, DE SIPHONS QUI SE DÉSAMORCENT, DE CAMIONS QUI COÛTENT CHER, BREF, IL N'A PARLÉ QUE DE MATIÈRE, ET IL NE POUVAIT PAS FAIRE AUTREMENT PUISQU'IL NE CONNAÎT QUE ÇA !!...
CE QU'IL FAUT ESSAYER DE COMPRENDRE, CE N'EST PAS L'ACCIDENT MATÉRIEL QUI A TARI NOTRE BELLE SOURCE, MAIS C'EST LA RAISON POUR LAQUELLE DIEU L'A PERMIS ET PEUT-ÊTRE VOULU !!...
J'AI LU AUTREFOIS, DANS UN OUVRAGE PROFANE, UNE TRAGÉDIE GRECQUE, L'HISTOIRE DE LA MALHEUREUSE VILLE DE THÈBES QUI FUT FRAPPÉE D'UNE PESTE DÉVORANTE PARCE QUE SON ROI AVAIT COMMIS DES CRIMES, ET JE ME SUIS POSÉ LA QUESTION: Y AURAIT-IL PARMI NOUS UN CRIMINEL ?...
CE N'EST PAS TOUT À FAIT IMPOSSIBLE ... LES PLUS GRANDS CRIMES NE SONT PAS CEUX QU'ON VOIT DANS LES JOURNAUX, BEAUCOUP RESTENT IGNORÉS DE LA JUSTICE DES HOMMES, MAIS LE BON DIEU LES CONNAÎT TOUS !...
C'EST À CE CRIMINEL INCONNU, S'IL EXISTE, QUE JE VEUX D'ABORD M'ADRESSER, ET JE VEUX LUI DIRE: MON FRÈRE, QUELLE QUE SOIT TA FAUTE, SI GRANDE SOIT-ELLE, ESSAIE DE LA RÉPARER, ET REPENS-TOI, TU SERAS SAUVÉ, ET NOTRE SOURCE SERA PLUS BELLE QU'AVANT ...
ALORS, JE VOUS DEMANDE À TOUS DE FAIRE VOTRE EXAMEN DE CONSCIENCE: EST-CE QUE J'AI FAIT LE MAL? OÙ, QUAND, COMMENT, POURQUOI?
ET PEUT-ÊTRE QUE PARMI VOUS, IL N'Y A PAS DE VRAIS COUPABLES, JE VEUX DIRE DES GENS QUI AIENT VRAIMENT COMMIS UNE MAUVAISE ACTION, MAIS EST-CE QU'IL Y EN A BEAUCOUP QUI EN AIENT FAIT DE BONNES ?...
VOILÀ PEUT-ÊTRE LE GRAND POINT, MES TRÈS CHERS FRÈRES, VOUS N'ÊTES PAS DES FRÈRES !!... AH, MES AMIS, QUAND JE VOUS VOIS AUSSI INDIFFÉRENTS AU MALHEUR DES AUTRES, JE ME DIS QUE CE N'EST PAS UN CURÉ QU'IL VOUS FAUT, C'EST UN MISSIONNAIRE !!...
CAR IL NE SUFFIT PAS DE NE PAS FAIRE LE MAL, LA VERTU, CE N'EST PAS DE SE TAIRE, DE FERMER LES YEUX, DE NE PAS BOUGER LA VERTU, C'EST D'AGIR, C'EST DE FAIRE LE BIEN. MOI, JE NE M'OCCUPE PAS DES AFFAIRES DES AUTRES, PAR CONSÉQUENT, ON N'A RIEN À ME REPROCHER, EH BIEN DÉTROMPEZ-VOUS, LES AFFAIRES DES AUTRES, IL FAUT S'EN OCCUPER POUR LES AIDER !...
J'AI LE REGRET DE VOUS LE DIRE, ET C'EST PEUT-ÊTRE CE MANQUE DE GÉNÉROSITÉ, CE MANQUE DE FRATERNITÉ, CE MANQUE DE CHARITÉ, QUI VOUS COÛTE SI CHER AUJOURD'HUI... MAIS IL NE SUFFIT PAS DE SE LAMENTER, IL FAUT FAIRE QUELQUE CHOSE. ...
JE VOUS PROPOSE POUR APRÈS-DEMAIN UNE PROCESSION POUR OBTENIR UNE INTERVENTION DE NOTRE GRAND SAINT DOMINIQUE QUI A FAIT PENDANT SA VIE TERRESTRE PLUSIEURS MIRACLES...
PENSEZ À CE QU'IL PEUT FAIRE AUJOURD'HUI DU HAUT DU CIEL !!...
...ET QUAND VOUS SEREZ DANS LE CORTÈGE, SI VOUS PRENEZ AVEC VOUS-MÊME L'ENGAGEMENT SOLENNEL DE FAIRE UNE BONNE ACTION, OU RÉPARER LE MAL QUE VOUS AVEZ FAIT, ALORS MOI, JE SUIS SÛR QUE LE GRAND FONTANIER QUI NOUS A COUPÉ L'EAU N'ATTEND QUE VOTRE REPENTIR POUR VOUS LA RENDRE !...
40

PAPET, IL N'A PARLÉ QUE DE ÇA, ET IL M'A REGARDÉ TROIS FOIS...
ALLONS DONC! C'EST PARCE QUE TU AS LA BÊTISE D'Y PENSER TOUT LE TEMPS !... MOI, TOUT ÇA, JE L'AI OUBLIÉ... QU'EST-CE QUE TU VEUX QU'IL SACHE, LE CURÉ, IL N'Y A PAS UN AN QU'IL EST ARRIVÉ...
PEUT-ÊTRE, QUELQU'UN LUI EN A PARLÉ EN CONFESSION...
C'EST PAS IMPOSSIBLE QU'ANGLADE... CELUI-LÀ, IL EST TELLEMENT BIGOT, QU'IL EST CAPABLE DE CONFESSER LES PÉCHÉS DES AUTRES!...
CE QUI M'INQUIÈTE, C'EST LA PETITE...
MOI AUSSI!...
ELLE NE T'A PAS FAIT BONNE FIGURE...
ÇA, C'EST VRAI, ELLE M'A REGARDÉ 2 FOIS, ELLE AVAIT L'AIR DE ME DIRE: LE CRIMINEL, C'EST TOI!
C'EST ENCORE DE L'IMAGINATION! ELLE NON PLUS, ELLE NE SAIT RIEN... ELLE EST PEUT-ÊTRE JALOUSE DE LA SOURCE, MAIS RIEN DE PLUS...
ALORS, POURQUOI TU DIS QU'ELLE T'INQUIÈTE?
PARCE QUE J'AI IDÉE QU'ELLE NE TE VOUDRA PAS!...
ET POURQUOI?
JE NE SAIS PAS, C'EST UNE IMPRESSION...
MALGRÉ LA CATASTROPHE, C'EST AUJOURD'HUI MON ANNIVERSAIRE, ET UN JOYEUX APÉRITIF NOUS ATTEND DANS LA COUR DE L'ÉCOLE. SUIVEZ-MOI!
CERCLE RÉPUBLICAIN BAR TABAC
...ET VOILÀ LE PAPET ET SON NEVEU QUI ARRIVENT À POINT POUR NOUS ACCOMPAGNER!
UN PEU DE TRISTESSE!... N'OUBLIEZ PAS QUE NOUS N'AVONS PLUS D'EAU...
AH, NON, NE PARTEZ PAS! AUJOURD'HUI, VOUS ALLEZ BOIRE AVEC NOUS...
IL LUI DIT VOUS...
ALORS, CE SERMON, QU'EST-CE QUE VOUS EN PENSEZ?...
QU'EST-CE QUE VOUS VOULEZ QU'ON EN PENSE?!... TOUT ÇA, C'EST JAMAIS QUE DES MOTS!!...
CE PRÊTRE AVAIT L'AIR DE FAIRE ALLUSION À UN CRIME QU'IL CONNAÎT ET DONT IL NE PEUT PAS PARLER... SANS DOUTE PARCE QU'IL L'A APPRIS EN CONFESSION...
POUR MOI, CE DISCOURS S'ADRESSAIT À QUELQU'UN!...
ET À QUI?!
OUI! À QUI?!
41

MOI, IL M'A SEMBLÉ QU'IL REGARDAIT SOUVENT UGOLIN !
D'ABORD, IL A PARLÉ À NOUS TOUS, IL A DIT QUE TOUT LE MONDE ÉTAIT RESPONSABLE ...
HO, HO, TU AS SENTI L'ODEUR DU PASTIS ? ...
OH QUE NON !... AVEC CE QUI SE PASSE, CE N'EST PAS POUR LE PASTIS QUE JE SUIS VENU, C'EST POUR L'EAU ! C'EST À LA PETITE BERGÈRE QUE JE VEUX PARLER, PARCE QUE J'AI QUELQUE CHOSE D'IMPORTANT À LUI DIRE.
À MOI ?!
OUI, À TOI ! PARCE QUE SI TU VEUX, TU PEUX NOUS RENDRE L'EAU !
MOI ? MAIS COMMENT ?!
EN VENANT À LA PROCESSION. EST-CE QUE TU VIENDRAS ?
NON.
ALORS, LA FONTAINE NE COULERA JAMAIS PLUS.
ET POURQUOI ATTACHEZ-VOUS TANT D'IMPORTANCE À SA PRÉSENCE ?
VOUS COMPRENEZ, NOUS AUTRES, LE SEIGNEUR NOUS A PUNIS, MAIS ELLE, ELLE EST INNOCENTE... SI ELLE VIENT PRIER POUR NOUS, NOUS SOMMES SAUVÉS ...
OUI, OUI, MANON ! IL FAUT QUE TU VIENNES, IL FAUT QUE TU SAUVES NOS ŒILLETS !!...
PETITE, MOI, JE SAIS TRÈS BIEN QUE CETTE PROCESSION, CE SERA UNE CAGADE MAIS ANGLADE CROIT QUE ÇA RÉUSSIRA, ET IL N'EST PAS LE SEUL, AU VILLAGE. FAIS-LEUR PLAISIR, SI TU NE VIENS PAS, ILS CROIRONT QUE C'EST PAR TA FAUTE QUE LA PROCESSION A FOIRÉ...
JE NE VEUX PAS PRIER POUR L'EAU DES CRIMINELS QUI ONT VOLÉ CELLE DE MON PÈRE !
QU'EST-CE QUE ÇA VEUT DIRE ? JE NE COMPRENDS PAS !!...
EUX, ILS COMPRENNENT. REGARDEZ-LES !! ILS SAVENT TOUS DE QUOI JE PARLE, ET POURQUOI DIEU LES A PUNIS !!
ALORS, LE CRIMINEL INCONNU, VOUS LE CONNAISSEZ ?!...
IL Y EN A DEUX ! LES VOILÀ !!...
JE NE SAIS PAS QUELLES MÉCHANCETÉS ON A PU DIRE À LA PETITE, MAIS ELLE Y A CRU VOLONTIERS, PARCE-QU'UGOLIN EST DEVENU RICHE LÀ OÙ SON PÈRE S'EST RUINÉ, VOILÀ LA VÉRITÉ !!
BIEN ENTENDU, C'EST INJUSTE QUE SON PÈRE N'AIT PAS RÉUSSI, ET C'EST BIEN VRAI QU'IL N'A PAS EU DE CHANCE, MAIS CE N'EST PAS DE NOTRE FAUTE ! VOILÀ CE QUE J'AI À DIRE !
EN PLUS, SI C'EST POUR NOUS TRAITER DE CRIMINELS QU'ON NOUS A FAIT VENIR ICI, MERCI BIEN, MAIS J'AIME MIEUX RENTRER CHEZ MOI !
ALLEZ, ZOU, GALINETTE, VIENS BOIRE À LA MAISON ...
CETTE RETRAITE PRÉCIPITÉE NE PLAIDE PAS EN VOTRE FAVEUR ! ON POURRAIT PENSER !...
JE ME FOUS DE CE QU'ON PEUT PENSER ! MOI, J'AI MA CONSCIENCE POUR MOI !... ALORS, TU VIENS, GALINETTE ?
NON, PAS TOUT DE SUITE. JE VEUX QU'ELLE DISE CE QU'ELLE ME REPROCHE PARCE QUE JE SAIS LE MOYEN DE TOUT ARRANGER !
?!!
42

JE VOUDRAIS BIEN SAVOIR COMMENT ILS ONT FAIT POUR VOLER L'EAU DE VOTRE PÈRE ?...
LA VÉRITÉ, C'EST QUE LA SOURCE EXISTAIT DEPUIS TOUJOURS !... QUAND LE PROPRIÉTAIRE EST MORT, ILS ONT BOUCHÉ LA SOURCE! VOILÀ LA VÉRITÉ !!...
ET POURQUOI AURAIENT-ILS FAIT ÇA ?
PARCE QUE SANS EAU, CETTE FERME NE VALAIT RIEN !... ILS L'AURAIENT EU POUR UN MORCEAU DE PAIN!
ET ALORS, MON PÈRE N'A JAMAIS SU QUE NOUS AVIONS UNE SOURCE DEVANT NOTRE PORTE ET IL EST MORT À LA PEINE PAR LA FAUTE DE CES ASSASSINS !!...
ÇA, C'EST CE QU'ON APPELLE DES CALONIES! OUI, DES CALONIES!
LA SOURCE, TU M'AS VU LA CHERCHER, AVEC LA MONTRE, JE L'AI TROUVÉE AVEC LA MONTRE !!...
EN MOINS D'UNE HEURE!!
CE QU'ELLE A VU, ELLE NE LE CROIT PAS, ET CE QU'ELLE N'A PAS VU, ELLE LE CROIT !
ET D'ABORD, QUI EST-CE QUI NOUS A VU BOUCHER LA SOURCE ?!
MOI! JE VOUS AI VUS, TOUS LES DEUX!
?!
!?
MENTEUR!
VOILÀ QUI DEVIENT INTÉRESSANT!
ET QU'EST-CE QUE TU PEUX AVOIR VU, PAUVRE IDIOT?!
ÇA S'EST PASSÉ IL Y A 6 OU 7 ANS!
VOUS VOYEZ, IL NE SAIT MÊME PAS LA DATE !...
C'ÉTAIT PEUT-ÊTRE 15 JOURS APRÈS LA MORT DE PIQUE-BOUFFIGUE, LA SOURCE COULAIT ENCORE : J'ÉTAIS MONTÉ AUX ROMARINS POUR LES PERDREAUX. IL Y AVAIT UNE PETITE FLAQUE D'EAU DANS LA BROUSSAILLE, LES PERDREAUX VENAIENT Y BOIRE, ALORS UN MATIN, JE M'INSTALLE DANS LE GRENIER, ET QU'EST-CE QUE JE VOIS VENIR ?...
CES DEUX-LÀ AVEC DES OUTILS, ILS REGARDENT BIEN DE TOUS LES COTÉS, ET UGOLIN SE MET À PIOCHER, ET D'UN COUP, L'EAU L'A FAIT SORTIR DU TROU, ALORS, VOUS AVEZ PRÉPARÉ LE MORTIER, ET PUIS UN MORCEAU DE BOIS ROND, ET PUIS VOUS L'AVEZ BOUCHÉE ET PUIS VOUS AVEZ REMIS LA TERRE !...
ET TOUT D'UN COUP, LE PIED DE MA CHAISE CRAQUE ET J'AI VU QUE TU AS EU PEUR, ET UGOLIN T'A DIT : « C'EST PAS UN FANTÔME, C'EST LES RATS! ILS SONT GROS COMME DES LAPINS »... ET PUIS VOUS ÊTES PARTIS !...
VOILÀ CE QUE J'AI VU ET JE LE DIS !...
VOUS AURIEZ PU LE DIRE PLUS TÔT À MON PÈRE!
QU'EST-CE QUE VOUS VOULEZ, C'ÉTAIT PAS MES AFFAIRES !...
MAIS MAINTENANT, JE SAIS QUE LE CRIMINEL DE M. LE CURÉ, C'EST EUX !!...
LE BON DIEU A VOULU LES PUNIR, SEULEMENT, POUR LEUR COUPER L'EAU IL A ÉTÉ FORCÉ DE COUPER LA NÔTRE! DU COUP, MA PRAIRIE EST SÈCHE COMME DU RAPHIA! MES ALBERGINES VONT CREVER, ET ALORS, MAINTENANT, C'EST MES AFFAIRES!
VOICI UN TÉMOIGNAGE BIEN CATÉGORIQUE !... QU'EN PENSENT LES ACCUSÉS ?!...
43

JE PENSE QU'IL A RÊVÉ, ET PUIS, UN SEUL TÉMOIN, ÇA NE COMPTE PAS ! ALLEZ, ZOU, GALINETTE, ON S'EN VA !
JE NE RÊVE JAMAIS !
NON, NON, MOI AUSSI, J'AI QUELQUE CHOSE À DIRE !!
TU LE SAIS, TOI ! JE TE L'AI DÉJÀ DIT DANS LA COLLINE, QUE JE VEUX TOUT TE DONNER ! LA SOURCE, LES OEILLETS, LA FERME, ET TOUT L'HÉRITAGE DES SOUBEYRAN !... LES TERRES, LE TRÉSOR, MON NOM ET MA VIE !!
ÉCOUTEZ, ÉCOUTEZ, VOUS AUTRES, UNE SUPPOSITION QUE CE SOIT VRAI ! CE N'EST PAS VRAI, MAIS JE FAIS UNE SUPPOSITION !
IMAGINEZ-VOUS QUE CETTE FERME, JE LA VOULAIS DEPUIS DES ANNÉES POUR Y FAIRE DES OEILLETS, ET LA CHANCE A VOULU QUE JE RÉUSSISSE !...
ET PUIS D'UN COUP, JE TE VOIS, ET ÇA M'ARRIVE QUE JE T'AIME D'UNE FAÇON QUE C'EST PAS POSSIBLE DE LE DIRE... TOUT LE TEMPS, JE TE VOIS, TOUT LE TEMPS, JE TE PARLE, LE SOMMEIL, ÇA ME L'A TUÉ, QUAND JE MANGE, ÇA N'A PLUS DE GOÛT, SI TU ME VEUX PAS, OU JE MEURS, OU JE DEVIENS FOU !
RÉFLÉCHIS UN PEU, RÉFLÉCHIS... TU NE CROIS PAS QUE ÇA FERAIT UN MÉLANGE TERRIBLE TOUT LE REGRET DU MAL QUE JE T'AI FAIT, ET TOUT LE PLAISIR DU BIEN QUE JE VEUX TE FAIRE ?! JE SAIS BIEN QUE JE SUIS VILAIN, MAIS JE SUIS BRAVE ! ET TOI, TU ES BELLE POUR DEUX !!
ET DANS LES PETITS QUE TU NOUS FERAS, SI PAR HASARD, IL Y EN AVAIT UN QUI SOIT... COMME TON PÈRE, CE SERAIT MON PRÉFÉRÉ, MON PLUS JOLI, ET JE LUI DEMANDERAIS PARDON TOUS LES JOURS, À GENOUX, DEVANT SON BERCEAU !
MON AMOUR ! MON AMOUR !
C'EST HORRIBLE, FAITES-LE TAIRE !
ALLEZ, ZOU, NE FAIS PAS LE FADA, LÈVE-TOI, VAÏ !
MANON, MANON, RÉFLÉCHIS !
ALLONS, APRÈS LE CRIME QUE VOUS VENEZ D'AVOUER, CES DÉCLARATIONS SONT INDÉCENTES !
IL N'A RIEN AVOUÉ DU TOUT !
IL A AVOUÉ DEVANT TÉMOINS !
C'EST PAS VRAI ! C'EST PAS VRAI ! J'AI DIT QUE C'ÉTAIT UNE SUPPOSITION ! VOUS N'EN FAITES JAMAIS, VOUS, DES SUPPOSITIONS ?! ET PUIS, QU'EST-CE QUE C'EST QUE CET INSTITUTEUR QUI EST ARRIVÉ D'AVANT-HIER ET QUI LUI PARLE DANS LA COLLINE ?!! ...
LUI, PARDI, IL SE LA VEUT POUR S'AMUSER ! SI ELLE N'AVAIT PAS DE BEAUX TÉTÉS, IL NE PARLERAIT PAS CONTRE MOI !!
MANON, TON PÈRE EST MORT, IL A VU SÉCHER SES COUCOURDES, ET ÇA A FAIT PLEURER TOUT LE MONDE !
ET MOI, AU MÊME ENDROIT, JE VAIS VOIR CREVER MES OEILLETS, ET JE VAIS MOURIR D'AMOUR POUR TOI, ET ÇA FERA DE LA PEINE À PERSONNE !
VIENS, GALINETTE, VIENS À LA MAISON...
NON ! NON, TOUT EST DE TA FAUTE ! C'EST TOI QUI AS FAIT TOUT PERDRE !
SI J'AVAIS SU... SI J'AVAIS SU ...
AAAAAAAAAAAAAAAA

EH BIEN, MOI JE RESTE, PUISQUE TOUT LE MONDE EST CONTRE LUI, MOI, JE RESTE POUR LE DÉFENDRE !
VOUS AVEZ BIEN VU QUE CETTE PETITE L'A RENDU FOU !... CETTE HISTOIRE DE SOURCE, ÇA NE TIENT PAS DEBOUT ! IL N'Y A JAMAIS EU DE SOURCE AUX ROMARINS, UNE PETITE FLAQUE PEUT-ÊTRE, MAIS LA VRAIE SOURCE, C'EST MOI QUI L'AI TROUVÉE. ALLEZ, ZOU VOUS ÊTES DES BASTIDES, COMME MOI, DITES-LE, QU'IL N'Y A JAMAIS EU DE SOURCE !...
FAITES BIEN ATTENTION ! SI VOUS SAVIEZ QU'IL Y AVAIT UNE SOURCE, VOUS NE L'AVEZ PAS DIT AU BOSSU, ET C'EST VOUS QUI ÊTES RESPONSABLES DE SA MORT !
SALAUD ! VIEUX SALAUD !
VOYONS, VOUS LA CONNAISSIEZ CETTE SOURCE ... ET VOUS AUTRES, VOUS NE SAVIEZ RIEN ?!...
BIEN SÛR, QU'ON SAVAIT, TOUT LE MONDE SAVAIT ...
ET VOUS SAVIEZ AUSSI QU'UN HOMME SE TUAIT À TRANSPORTER DE L'EAU AVEC SA FEMME ET SA FILLE !...
TOUT LE MONDE LE SAVAIT... ON LE VOYAIT PASSER ET REPASSER AVEC DES BIDONS ET DES CRUCHES !
À LA FIN, IL COURAIT, ON CROYAIT QU'IL ALLAIT TOMBER MAIS MOI, J'ÉTAIS TROP PAUVRE POUR M'OCCUPER DES AFFAIRES DES AUTRES ..
FINALEMENT VOUS LE SAVIEZ TOUS ET PAS UN N'A EU LE COURAGE D'ALLER DIRE 2 MOTS À CET HOMME POUR LUI SAUVER LA VIE.
IL Y EN A UN SEUL QUI A ESSAYÉ DE NOUS SAUVER, C'EST CELUI QUI A PEINT LES FLÈCHES NOIRES SUR 2 PIERRES BLANCHES .. NOUS N'AVONS PAS COMPRIS .. CELUI-LÀ EST UN HOMME ET JE LE REMERCIE, MAIS LES AUTRES, TOUS LES AUTRES ...
IL FAUT AVOIR LE COEUR POURRI POUR REFUSER DE FAIRE UN MIRACLE QUAND LE BON DIEU VOUS LE PERMET !
TU AS RAISON... MAIS UN MIRACLE, TOI, TU PEUX LE FAIRE ! SI TU VENAIS À LA PROCESSION, TA PRIÈRE, CE SERAIT NOTRE PARDON ...
IL EST TOUT À FAIT INDÉCENT DE DEMANDER À UNE VICTIME DE PRIER POUR SES BOURREAUX ! COMMENT AVEZ-VOUS PU LAISSER MOURIR SON PÈRE ?!
LA VÉRITÉ, C'EST QUE PERSONNE N'A OSÉ SE METTRE CONTRE LES SOUBEYRAN POUR DÉFENDRE UN HOMME QUI N'ÉTAIT PAS D'ICI, ET SURTOUT, QUI ÉTAIT DE CRESPIN !
EH, OUI, ILS PEUVENT CREVER, LES GENS DE CRESPIN !! ...
ET PUIS SURTOUT, ILS DÉTESTAIENT MA GRAND-MÈRE, ET ILS SE SONT VENGÉS SUR SON FILS !!...
TA GRAND-MÈRE ? QUELLE GRAND-MÈRE ?!...
45

CELLE QUI A QUITTÉ LES BASTIDES POUR SE MARIER À CRESPIN
QU'EST-CE QU'ELLE RACONTE?
DES FOLIES! TÉ, MOI, J'EN AI ASSEZ, JE M'EN VAIS!...
COMMENT ELLE S'APPELAIT, TA GRAND-MÈRE?
VOUS LE SAVEZ TRÈS BIEN!
TU NE VAS PAS NOUS DIRE QUE C'ÉTAIT... FLORETTE?...
OYAÏAÏAÏE! PERSONNE ICI NE L'A JAMAIS SU!...
LE VIEUX VOLEUR, LÀ-BAS, IL SAVAIT, ET UGOLIN AUSSI!
OH! PAPET, TU LE SAVAIS, QUE C'ÉTAIT LE FILS DE FLORETTE?
QU'EST-CE QUE ÇA CHANGE?
ÇA CHANGE QUE C'ÉTAIT MON PETIT-COUSIN!
OH! SAINTE VIERGE, QU'EST-CE QUE TU NOUS AS LAISSÉS FAIRE? IL ÉTAIT REVENU, ET LES SIENS L'ONT TUÉ!!
À MOI AUSSI, C'ÉTAIT MON PARENT!
EN TOUT CAS, IL ÉTAIT D'ICI!
CE N'EST PAS VRAI, UN GARÇON, C'EST LE PÈRE QUI LE FAIT! IL S'APPELAIT CADORET, COMME SON PÈRE, LE MARÉCHAL-FERRANT DE CRESPIN!...
ET FLORETTE, C'ÉTAIT UNE GARCE! SI ELLE ÉTAIT RESTÉE CHEZ NOUS, ELLE AURAIT EU DES ENFANTS DROITS COMME NOUS AUTRES ET RIEN DE TOUT ÇA NE SERAIT ARRIVÉ!!... TOUT EST DE SA FAUTE, ET MOI, JE M'EN LAVE LES MAINS!!...
ON SAVAIT QUE LES SOUBEYRAN ÉTAIENT DES SALAUDS, MAIS À CE POINT!!...
MAINTENANT, JE COMPRENDS. JE COMPRENDS TOUT. C'EST À CAUSE DE FLORETTE QU'IL NE S'EST JAMAIS MARIÉ...
46

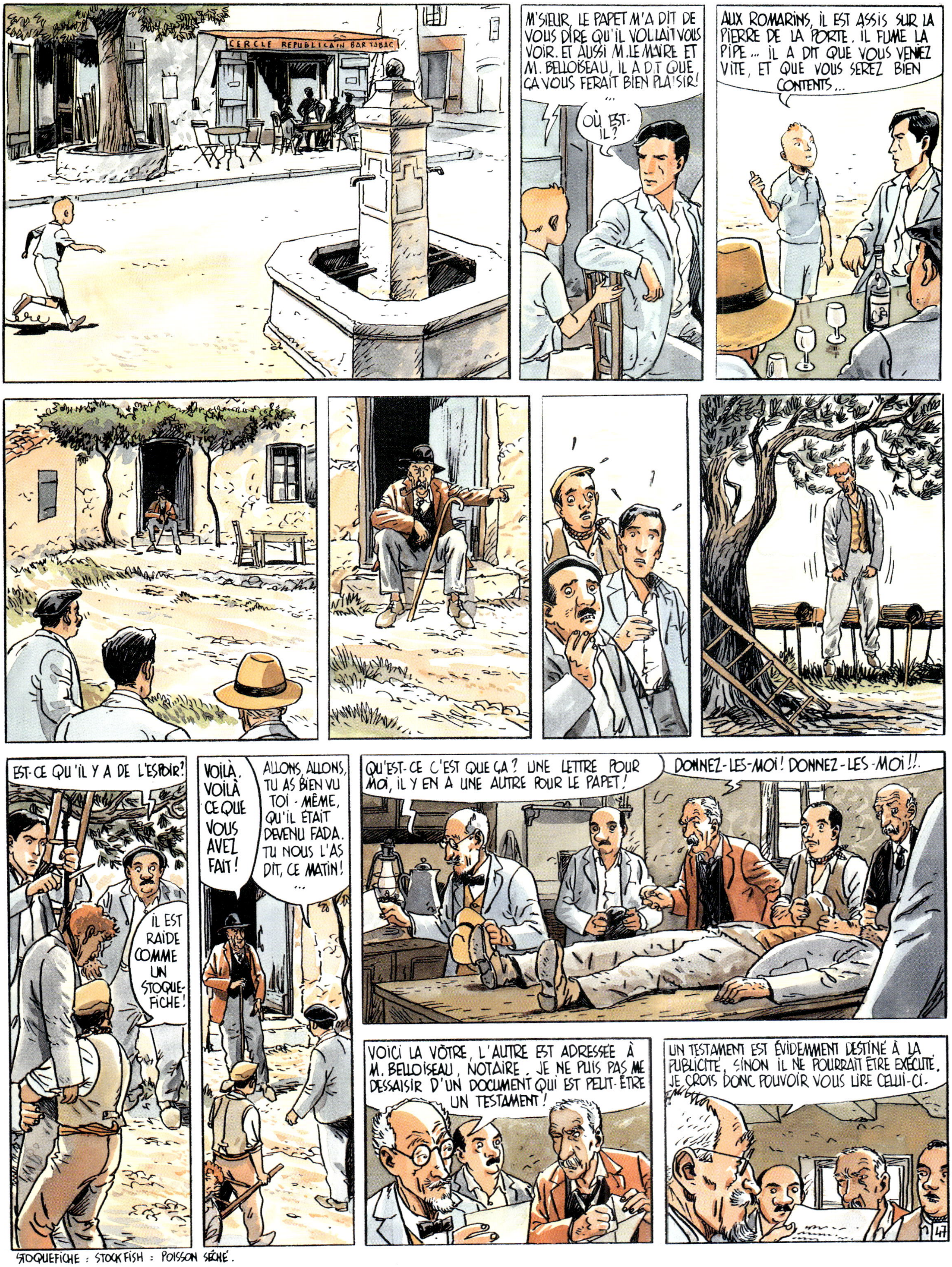

STOQUEFICHE : STOCKFISH = POISSON SÉCHÉ.

à Monsieu le notère Beloisot
Je vous ecrit a vous pasque c'est du serieut de notère : c'est mon testaman
Il faut pas qu'ils s'imagine que j'ai peur. D'abord, tout sa c'est pas vrais. c'est pas pour les euillets tant pis s'ils crève, set que des fleurs. set à cause de mon Amour et j'ai comprit qu'elle me voudra jamet. Je m'en douter, pasque mon ruban d'amour m'a fait un abset qui me brûle. Et puits, quand je lui dit devant tous le monde que je veuxcme la mariée, tous lui donner excetéra, elle m'a craché dessur en parole
...ET EN PLUS, ELLE S'EST RÉFUGIÉE VERS L'INSTITUTEUR. LUI, ELLE LUI TIRE PAS UNE PIERRE DANS L'ESTOMAQUE, ET ELLE L'ÉCOUTE EN REGARDANT PAR TERRE, ET QUAND IL A FINI, ELLE SE LANGUIT QU'IL RECOMMENCE, ET LUI IL EST PAS ÉTONNÉ, IL TROUVE ÇA NATUREL. J'AI ENVIE DE LE TUER, OUI, MAIS ELLE, ÇA LUI FERAIT PEINE. ALORS NON, TANT PIS. JE VEUX PAS LA PRIVER. CELUI-LÀ, IL SAIT PAS SON BONHEUR, MAIS MOI JE SAIS MON MALHEUR, QUE JE PEUX PLUS LE SUPPORTER
...
?
?
Mintenant, sa commence mon testaman. Je lèse la ferme des romarins à la demoisèle Manon Cadore la file du bon Jean Cadoré de Crespin. J'y lèse la ferme avec tout ce qu'il y a dedans, tout. M. le Curé a dit si le criminel veut reparer sa fote, l'eau reviendra. Moi je répare, la source coulera, les euillets serons beau sa se vendra bien. Alors, adessias, bonjour à tous. Cés mon testaman. Dernière volonté set sacré. Siniature ofisielle, Ugolin Soubeyran, La datte est le 6 Setembre aujourd'hui
QU'EST-CE QUE C'EST, CE RUBAN D'AMOUR ?...
VENEZ VOIR ÇA DOIT ÊTRE ÇA !
C'EST UN RUBAN DE CETTE PUTE ! ENLEVEZ-MOI ÇA !... FOUTEZ-LE AU FEU !
MOI, JE N'Y TOUCHE PAS ! LA VOLONTÉ D'UN MORT, C'EST SACRÉ !
LA VOLONTÉ D'UN FOU, ÇA NE COMPTE PAS !
C'EST PEUT-ÊTRE CETTE INFECTION QUI LUI A TROUBLÉ L'ESPRIT !
CE QUI L'A RENDU FOU, VOUS LE SAVEZ MIEUX QUE MOI !!
... MAIS À TOI, PAPET, QU'EST-CE QU'IL DIT DANS SA LETTRE ?
JE LA LIRAI QUAND JE SERAI SEUL. MAINTENANT, VOUS AUTRES, ALLEZ AU VILLAGE, ET PUIS SURTOUT DITES QU'IL EST TOMBÉ D'UN ARBRE. À CAUSE DU CURÉ QUI VOUDRAIT PAS LUI FAIRE TOUT COMME IL FAUT. MAINTENANT, ALLEZ-VOUS-EN !
Papé, je m'en vais pasque j'en peut plus. Je veux pas voir la suite, tu me comprends jé mal de partout ...
Je lui donne la ferme et aussi tout ce qui est caché tu me comprends sous la pierre du feu que tu connet ...
Il y en a 494 ajoute sise pour fare 500. Le puits ne lui cherche pas des garouilles c'est pas de sa fote, c'est pas de ma fote, c'est pas de te fote, c'est la fatalité.
Fet dire des mèses pour moi pasque la haut il feudra que je m'esplique à cause de la source, j'ai jamet fait d'autre mal mes suila me tire souci le bossu leur en a surement parlé, alors pasque ils vont me pasé. Des mèses tout de suite. Adessias mon Papé sa me fet pêne de te quitté mes resté je peut pas. Il faut dire au monde que mintenant elle en a 500 et la ferme et les euillets. C'est un bon parti pas pour s'amuser, elle peux se marier qui elle veux même quelqu'un très instruit, Je t'embrase.
PAUVRE COUILLON, PAUVRE GALINETTE, TU T'ES BIEN TROMPÉ, SI TU CROIS QUE JE VAIS LUI LAISSER LA MARMITE ET LES OEILLETS ...
ILS VONT CREVER, LES OEILLETS, PARCE QUE L'EAU NE REVIENDRA JAMAIS, ET CE VILLAGE AUSSI, IL VA CREVER, CE SERA BIEN FAIT POUR EUX... ILS ONT TOUS PARLÉ CONTRE TOI !
EH OUI, C'EST ÇA, LES SOUBEYRAN : 3 FOUS, 3 PENDUS ET MOI TOUT SEUL AVEC UNE JAMBE FADADE.. ET PERSONNE APRÈS MOI... PERSONNE... PERSONNE.. PERSONNE ...
48

DING DONG
QUELQU'UN EST MORT AU VILLAGE ...
VOILÀ 2 HOMMES DE LA VILLE QUI ONT L'AIR DE VENIR ICI ...
C'EST PEUT-ÊTRE DES GENS DE L'ENTERREMENT QUI SE SONT TROMPÉS DE CHEMIN...
NON, C'EST LE MAIRE ET M. BELLOISEAU... QU'EST-CE QU'ILS VIENNENT FAIRE ICI?
CETTE CLOCHE QUE VOUS ENTENDEZ AU LOIN, VOUS ANNONCE LA MORT D'UGOLIN QUI M'A CHARGÉ DE VEILLER À LA BONNE EXÉCUTION DE SES DERNIÈRES VOLONTÉS. C'EST SON TESTAMENT QUE JE VOUS APPORTE CAR IL VOUS A LÉGUÉ LA FERME DES ROMARINS...
MAIS, DE QUOI EST-IL MORT ?
IL S'EST PENDU DANS L'OLIVIER ...
POURQUOI ?
CE TESTAMENT VA VOUS LE DIRE !
VOICI UNE COPIE DE CE DOCUMENT DONT J'AI RESPECTÉ L'ORTHOGRAPHE CE QUI A EXIGÉ UNE ATTENTION ÉPUISANTE.
JE GARDE L'ORIGINAL CAR JE VAIS CE MATIN MÊME LE DÉPOSER CHEZ LE NOTAIRE D'AUBAGNE ...
ET MAINTENANT, PERMETTEZ-MOI DE VOUS FÉLICITER D'AVOIR RÉCUPÉRÉ VOTRE FERME ...
TROP TARD, TROP TARD...
JE SAIS BIEN, MAIS MOI, IL FAUT QUE JE TE DISE QUELQUE CHOSE ...
VOILÀ CE QUI SE PASSE : L'EAU N'EST PAS REVENUE AU VILLAGE ... ÇA VA MAL ... ON PARLE, ON PARLE ... LES FEMMES CROIENT QU'ON NOUS PUNIT À CAUSE DE TOI...
D'AUTRES DISENT EN PASSANT QUE TU CONNAIS BIEN LES SOURCES DES COLLINES, ET QUE PEUT-ÊTRE TU ES BIEN RENSEIGNÉE SUR CE QUI SE PASSE !...
ENFIN, BREF, MOI JE TE CONSEILLE DE VENIR À LA PROCESSION. BIEN ENTENDU, CE N'EST PAS CE QUI NOUS RENDRA L'EAU, MAIS JE CROIS QUE ÇA FERA TAIRE LES GENS ...
ET MAINTENANT QU'ON SAIT QUE TON PÈRE ÉTAIT LE FILS DE FLORETTE, AU VILLAGE, TU SERAS CHEZ TOI !...
43

OUI, C'EST ELLE QUI A BOUCHÉ LA SOURCE ! ET VOUS L'AVEZ BIEN MÉRITÉ ! SI QUELQU'UN LA TOUCHE, IL AURA AFFAIRE À MOI !
ALORS, VOUS SAVEZ ?
OUI.
ET MAINTENANT, QU'ALLEZ-VOUS FAIRE ?
JE NE SAIS PAS. JE NE CROIS PAS QUE NOUS RETOURNERONS LÀ-BAS... IL Y A TROP DE MAUVAIS SOUVENIRS, POUR MOI, ET POUR MA MÈRE
JE VOUS COMPRENDS, MAIS POUR LE RESTE, QU'AVEZ-VOUS DÉCIDÉ ?
LE MAIRE M'A CONSEILLÉ D'ALLER À CETTE PROCESSION...
JE VOUS CONSEILLE, MOI AUSSI, D'Y ALLER ... CE VILLAGE, C'EST CELUI DE VOTRE GRAND-MÈRE ...
MA GRAND-MÈRE LES DÉTESTAIT, ELLE DISAIT QUE C'ÉTAIENT DES BRUTES. ILS L'ONT BIEN PROUVÉ.
MOI, JE SAIS BIEN QUE MON PÈRE AURAIT VOULU ÊTRE LEUR AMI...
LES VRAIS COUPABLES, C'ÉTAIENT LES SOUBEYRAN... MAIS SI VOTRE PÈRE ÉTAIT VENU UN MATIN EN DISANT : JE SUIS LE FILS DE FLORETTE, LE VILLAGE L'AURAIT ADMIS...
ILS N'AURAIENT PROBABLEMENT PAS DÉNONCÉ LES SOUBEYRAN, MAIS AUX JOURS DE LA SÉCHERESSE, PEUT-ÊTRE PAMPHILE OU CASIMIR SERAIENT MONTÉS AUX ROMARINS AVEC LA PIOCHE SUR L'ÉPAULE, ET SOUS PRÉTEXTE DE CHERCHER DES FOURMIS AILÉES, POUR LES PIÈGES, ILS AURAIENT INONDÉ LE CHAMP...
SI VOTRE PÈRE VIVAIT ENCORE, ET QU'IL EÛT LE POUVOIR DE LEUR RENDRE LA SOURCE, LE FERAIT-IL ...
OH, LUI ... LUI !...
EH BIEN, EN SOUVENIR DE LUI, IL FAUT FAIRE CE QU'IL AURAIT FAIT.
50

ET VOILÀ ! ...
VOUS NE REGRETTEZ RIEN ?
CE QUI EST FAIT EST FAIT, SI VOUS NE M'AVIEZ PAS PARLÉ DE MON PÈRE,... MAIS, FINALEMENT, JE CROIS QUE VOUS AVEZ EU RAISON...
UNE CHOSE ME TOURMENTE : SI L'EAU NE REVIENT QU'APRÈS LA PROCESSION ?
EH BIEN ?
EH BIEN, ILS VONT CROIRE QUE LE SAINT A FAIT UN MIRACLE ...
M. LE CURÉ NE MANQUERA PAS D'EN TIRER PARTI POUR L'ÉDIFICATION DES CROYANTS.
... ET PUIS, EN CE MOMENT, NOUS MANQUONS DE MIRACLES, IL SERAIT PEU CHARITABLE DE RENONCER À CELUI-LÀ, SI TOUTEFOIS IL A LIEU...
CETTE NUIT EST SI BELLE, QUE J'AI ENVIE D'UNE PROMENADE AU CLAIR DE LUNE ...
ATTENTION, QUELQU'UN ! ... C'EST PEUT-ÊTRE UN RENARD ? ...
À VOTRE AVIS, EST-CE UN CHIEN OU UN RENARD ?
MANON ?... OÙ ÊTES-VOUS ?...
51

CERCLE REPUBLICAIN BAR TABAC
VOUS CROYEZ QUE ÇA VA Y FAIRE QUELQUE CHOSE?
ON NE SAIT JAMAIS.
QUOI ?! VOUS N'ALLEZ PAS ME DIRE ...
NON, MAIS JE SUIS EN TRAIN DE ME DEMANDER CE QUE JE PENSERAIS SI AU PREMIER OREMUS, LA FONTAINE SE METTAIT À COULER.
EH BIEN, MOI, ÇA ME FERAIT UN EFFET TERRIBLE PARCE QUE ÇA ME CHANGERAIT LES IDÉES, ET JE SERAIS OBLIGÉ D'ALLER ME CONFESSER TOUT DE SUITE!
ET VOILÀ! VOILÀ LE DANGER, PARCE QUE SI PAR MALHEUR L'EAU REVENAIT AUJOURD'HUI, JE CONNAIS PLUSIEURS FADAS QUI RAISONNERAIENT COMME LUI! ÇA NOUS FERAIT TOUT UN VILLAGE DE CALOTINS, ET JE PERDRAIS SÛREMENT LA MAIRIE!
ÇA, C'EST SÛR! UN MIRACLE, ÇA NE PARDONNE PAS!
LE MIRACLE, MOI, JE N'Y CROIRAIS PAS, AU MIRACLE, JE CROIRAIS PLUTÔT À UN COUP DE MAÎTRE DES JÉSUITES!
HO! HO! ÇA NE M'ÉTONNERAIT PAS!
À MON AVIS, LA FONTAINE N'EST PAS MORTE POUR TOUJOURS, JE NE DIS PAS QUE CETTE PROCESSION VA NOUS LA RENDRE, JE DIS QUE L'EAU REVIENDRA UN DE CES JOURS, ET PEUT-ÊTRE MÊME TRÈS BIENTÔT...
JE N'Y CROIS PAS, ET JE VOUS PARIE 3 BOUTEILLES DE PERNOD, AVEC L'ESPOIR DE LES PERDRE!!...
TENU! J'IRAIS MÊME JUSQU'À 4, SI VOUS ACCEPTEZ!
D'ACCORD POUR 4!
J'APPROUVE CE PARI, CAR DE TOUTE FAÇON, C'EST NOUS QUI LES BOIRONS À LA SANTÉ DU PERDANT!
QU'EST-CE QUE C'EST QUE CE TYPE-LÀ? ...
LE GÉNÉRAL DES JÉSUITES!
IL SE PASSE QUELQUE CHOSE. ... ELLE RESPIRE!...
52

MIRACLE !!
MERCI, SEIGNEUR, POUR L'HUMBLE POTAGER, MERCI POUR LE VERGER, LA VIGNE ET LA PRAIRIE !!...
GLORIA ♫♪ ALLÉLUÏAA ♫♪
JE VOUS L'AVAIS DIT! VOILÀ L'HOMME DES JÉSUITES! VOILÀ L'ORGANISATEUR DU MIRACLE IL CHANTE EN LATIN MIEUX QUE LE CURÉ!
ALLONS DONC C'EST UNE COÏNCIDENCE, VOILÀ TOUT! ...
HEUREUSE COÏNCIDENCE CAR VOICI NOTRE EAU REVENUE ET BIEN À POINT POUR ARROSER LES 4 BOUTEILLES DE PERNOD QUE M. LE MAIRE A PERDUES ...
VOUS CHANTEZ TRÈS BIEN, MONSIEUR, ET SURTOUT, LES CHANTS RELIGIEUX. ON VOIT QUE VOUS AVEZ L'HABITUDE!
CE N'EST POURTANT PAS MA SPÉCIALITÉ... JE SUIS VICTOR PERRISSOL!
ENCHANTÉ, MONSIEUR ...
ET MOI, JE SUIS LE MAIRE LAÏQUE DE CETTE COMMUNE ET LES MIRACLES NE ME FONT PAS PEUR!!...
CELUI AUQUEL NOUS VENONS D'ASSISTER EST POURTANT ASSEZ PLAISANT ET JE NE VOIS PAS EN QUOI IL POURRAIT FAIRE PEUR À QUELQU'UN. MAIS CE QUE JE VOIS CLAIREMENT, C'EST QUE DANS CE CHARMANT VILLAGE, MON NOM EST TOUT À FAIT INCONNU... COMME CELUI DE CARUSO. JE LE CONSTATE SANS AMERTUME ...
VOUS ÊTES DONC CHANTEUR?
OUI, MONSIEUR, OUI. J'AI EU MON HEURE DE GLOIRE, MAIS CE N'EST PAS LÀ NOTRE PROPOS ... CONNAISSEZ-VOUS UN LIEU NOMMÉ LE PLANTIER?
CERTAINEMENT. ET VOICI UNE JEUNE FILLE QUI Y HABITE, PRÉCISÉMENT!
HO! HO! NE SERAIT-CE PAS LA PETITE MANON?
ELLE-MÊME! VOUS LA CONNAISSEZ?
JEUNE FILLE, JE ME PRÉSENTE : JE SUIS VICTOR PERRISSOL OUI, LUI-MÊME! ...
VICTOR! C'EST VOUS, MONSIEUR VICTOR?!...
53

ELLE VOUS A ÉCRIT BEAUCOUP DE LETTRES !
PLUS DE 50, MAIS ELLE NE SAVAIT PAS QUE JE SUIS MAINTENANT À MARSEILLE, ET ELLE M'ÉCRIVAIT À L'OPÉRA-COMIQUE À PARIS POUR M'INVITER DE LA FAÇON LA PLUS CHARMANTE, MAIS SANS JAMAIS ME DONNER D'AUTRE ADRESSE QUE LE CHÂTEAU DU PLANTIER, BOUCHES DU RHÔNE ! ...
CE PLANTIER, JE L'AI CHERCHÉ, ET VOILÀ POURQUOI JE SUIS ICI !... ALLONS AU PLANTIER !!...
J'AI CONNU TA MÈRE DANS UNE TOURNÉE DE WERTHER, TOUTE JEUNE, UNE TOUTE PETITE DÉBUTANTE, UNE FORT JOLIE VOIX. NOUS AVONS FAIT ENSEMBLE PLUSIEURS TOURNÉES, ET PUIS L'AMÉRIQUE M'APPELA !...
JE N'AI JAMAIS REVU LA PETITE AIMÉE, ON M'A DIT QU'ELLE AVAIT TROUVÉ LE GRAND AMOUR ET QU'ELLE AVAIT ÉPOUSÉ UN FINANCIER.
C'EST POURQUOI JE N'AI PAS ÉTÉ ÉTONNÉ QUAND ELLE M'A ÉCRIT QU'ELLE HABITAIT UN CHÂTEAU ...
C'EST-À-DIRE QUE DEPUIS LA MORT DE MON PÈRE, ELLE RÊVE TOUT ÉVEILLÉE ...
DONC, VOUS ALLEZ ME DIRE QUE CE N'EST PAS UN CHÂTEAU... ALORS UNE SIMPLE VILLA ?
MÊME PAS ! ...
EH BIEN, TANT MIEUX, RIEN N'EST PLUS BEAU QU'UN VIEUX MAS
CE N'EST MÊME PAS UN MAS. C'EST UNE ANCIENNE BERGERIE ...
UNE BERGERIE ! DIEU DU CIEL ! LE CYCLE EST ACCOMPLI !
VOUS ÊTES TROP JEUNES POUR SAVOIR QU'ENFANT, JE FUS BERGER ... OUI, JE GARDAIS LES MOUTONS DANS LES MONTAGNES DES BASSES-ALPES, ET JE NE SAVAIS PAS LIRE ...
... OR, UN JOUR, LE CHANTEUR ALTCHEWSKY M'ENTENDIT CHANTER À L'ÉGLISE DU VILLAGE ...
C'EST BEAU ! CE VALLON SERAIT SENSATIONNEL DANS LA NUIT DE WALPURGIS, DANS FAUST ... C'EST ADMIRABLE !...
AAAH, JE PUIS DONC MOURIR
C'EST ELLE !...
NON... VIVRE ET DÉSORMAIS SANS DANGER
POUVOIR SUIVRE DEUX À DEUX LE CHEMIN OÙ TOUT VA REFLEURIR
54

ET, MAINTENANT, QU'ALLEZ-VOUS FAIRE ?... ET SI VOUS RESTIEZ AU VILLAGE ?...
JE NE SAIS PAS, TOUTE CETTE HISTOIRE M'A TRANSFORMÉE...
CE QUI EST DRÔLE, C'EST QUE LA GITANE QUI CHERCHAIT DES HERBES DANS LA COLLINE, ME L'AVAIT DIT ... ELLE M'AVAIT REGARDÉ LES LIGNES DE LA MAIN...
ELLE M'A DIT : JE VOIS UN JEUNE HOMME, JE CROYAIS QU'ELLE VOULAIT DIRE UN AMOUREUX... ET PUIS, C'ÉTAIT VOUS...
ET PUIS... MONTREZ-MOI VOTRE MAIN.
VOUS Y CONNAISSEZ QUELQUE CHOSE ?
JE M'Y CONNAIS MÊME TRÈS BIEN ! ET MOI, JE NE DIS QUE DES CHOSES DONT JE SUIS TOUT À FAIT SÛR... ÇA, C'ÉTAIT LA MISÈRE, LA VIE SAUVAGE, LE CHAGRIN, LA SOLITUDE...
MAIS, TOUT À COUP, L'AMOUR... C'EST ÉTRANGE, JE NE SAIS PAS ENCORE SI VOUS AIMEZ QUELQU'UN, MAIS IL Y A QUELQU'UN QUI VOUS AIME...
COMMENT EST-IL ?...
♪ AAAAAAVE MARIA
♫ AAAVÉÉÉ MARIAAA ♪
UGOLIN SOUBEYRAN

C'EST EXTRAORDINAIRE CE QU'ELLE EST DEVENUE BELLE !
ELLE L'A TOUJOURS ÉTÉ... POUR MON MALHEUR ...
BONJOUR, CÉSAR, JE T'AI RECONNU À TON PAS...
TU AS L'OREILLE FINE COMME UN ŒIL...
ÇA NE REMPLACE PAS... NON, ÇA NE REMPLACE PAS...
ALORS, TU VAS ENCORE ME PARLER DE L'AFRIQUE... DES MOUTONS RÔTIS, ET DES PETITES DANSEUSES ARABES QUI FAISAIENT LA DANSE DU VENTRE...
C'EST BIEN JOLI, LA DANSE DU VENTRE... MAIS TU AS FAIT UNE BELLE BÊTISE QUAND TU ÉTAIS LÀ-BAS.
QUELLE BÊTISE ?..
JE DIS UNE BÊTISE, MAIS C'EST PRESQUE UN CRIME...
EH BIEN, MOI, JE NE VOIS PAS DE QUOI TU VEUX PARLER...
MOI, JE PENSE À UNE LETTRE QUE TU AS REÇUE...
QUELLE LETTRE ?
TU LE SAIS TRÈS BIEN, PARCE QUE TU NE PEUX PAS L'AVOIR OUBLIÉE...
DELPHINE, NOUS SOMMES EN FACE DE L'ÉGLISE ET JE VOIS LA CROIX, LÀ-HAUT, SUR LE CLOCHER. EH BIEN, DEVANT CETTE CROIX, JE TE JURE QUE JE NE TE FAIS PAS DE COMÉDIE. JE TE JURE QUE JE N'AI PAS REÇU DE LETTRE, SAUF DE MON PÈRE, ET D'ANGLADE...
ÇA, ALORS, CE SERAIT UN DÉSASTRE ...
POURQUOI ?
JURE-MOI ENCORE QUE TU NE ME FAIS PAS DES HYPOCRISIES...
ENCORE UNE FOIS, JE TE JURE !!... QUI EST-CE QUI M'AVAIT ÉCRIT ?
FLORETTE.
56

DELPHINE, JE TE JURE DEVANT DIEU QUE CETTE LETTRE, JE NE L'AI JAMAIS REÇUE... PARCE QU'UNE LETTRE D'ELLE, JE NE L'AURAIS JAMAIS OUBLIÉE...
ET SI TU VEUX SAVOIR LA VÉRITÉ QUE JE N'AI ENCORE JAMAIS DITE À PERSONNE, J'AI ENCORE 2 MOTS DE BILLETS AU CRAYON, À MOITIÉ EFFACÉS, ET UNE ÉPINGLE NOIRE, DE SES CHEVEUX. EH OUI. MAIS QUAND JE SUIS REVENU, ELLE N'ÉTAIT PLUS AU VILLAGE... ELLE ÉTAIT MARIÉE À CE FORGERON DE CRESPIN, ET MÊME, ELLE AVAIT DÉJÀ UN ENFANT...
COMMENT EST-CE POSSIBLE QUE CETTE LETTRE SE SOIT PERDUE?...
TU SAIS, LÀ-BAS, ON CHANGEAIT TOUT LE TEMPS DE PAYS. C'ÉTAIT DANS LE BLED OU DANS LA MONTAGNE, DES FOIS, ON NE RECEVAIT PAS LE MANGER NI MÊME LES CARTOUCHES. C'EST BIEN POSSIBLE QUE DES LETTRES SE SOIENT PERDUES...
CELLE-LÀ, SI JE L'AVAIS REÇUE, JE LA SAURAIS ENCORE PAR COEUR...
ALORS ÇA, SI C'EST VRAI, C'EST TERRIBLE!
TU CROIS QU'ELLE M'AIMAIT?
IMBÉCILE!
ELLE N'A JAMAIS VOULU ME LE DIRE, MÊME APRÈS... CE QUI S'ÉTAIT PASSÉ EN REVENANT DU BAL. ELLE PRENAIT DES AIRS DE SE MOQUER DE MOI...
C'ÉTAIT SON CARACTÈRE, MAIS MOI, ELLE ME DISAIT TOUT, ET JE SAIS QU'ELLE T'AIMAIT, ET CETTE LETTRE, JE L'AI LUE.
ELLE TE DISAIT QU'ELLE T'AIMAIT, ET QU'ELLE N'AIMERAIT JAMAIS QUE TOI.
ET PLUS...
ELLE DISAIT AUSSI QU'ELLE ÉTAIT ENCEINTE...
QUOI?!
EH OUI... TU ÉTAIS PARTI DEPUIS PEUT-ÊTRE 3 SEMAINES... ET ALORS, ELLE TE DISAIT QUE SI TU ÉCRIVAIS À SON PÈRE, POUR LUI PROMETTRE DE L'ÉPOUSER, ELLE T'ATTENDRAIT. PARCE QU'ON AURAIT PU MONTRER LA LETTRE À TOUT LE VILLAGE, ET PERSONNE NE SE SERAIT MOQUÉ D'ELLE...
DELPHINE, DELPHINE, TU ES SÛRE?...
JE T'AI DIT QUE J'AI LU SA LETTRE, ET MÊME QUE JE L'AVAIS AIDÉE À ÉCRIRE. ELLE NE DORMAIT PLUS, LA PAUVRE... ALORS, ELLE A ESSAYÉ DE FAIRE PASSER LE PETIT AVEC LES TISANES DU DIABLE... DANS LA COLLINE, ELLE SAUTAIT DU HAUT DES ROCHERS, MAIS IL ÉTAIT BIEN ACCROCHÉ. ALORS, ELLE T'A DÉTESTÉ. ELLE EST ALLÉE DANSER À AUBAGNE, ET ELLE Y A TROUVÉ UN GRAND BEL HOMME, CE FORGERON DE CRESPIN. ELLE L'A PRIS POUR POUVOIR QUITTER LE VILLAGE, ET PERSONNE N'A SU QUAND CET ENFANT EST NÉ...
IL EST NÉ... VIVANT?...
OUI. VIVANT, MAIS BOSSU.
57

ELLE M'A ÉCRIT PLUSIEURS FOIS, AU DÉBUT. ELLE ME DISAIT QUE SON MARI ÉTAIT UNE MERVEILLE, ET QUE LE PETIT GARÇON ÉTAIT TRÈS INTELLIGENT... ELLE ESPÉRAIT QU'EN GRANDISSANT, IL DEVIENDRAIT COMME LES AUTRES
...ET PUIS, JE ME SUIS MARIÉE, J'AI HABITÉ MARSEILLE, ELLE NE M'A PLUS ÉCRIT, ET JE NE L'AI JAMAIS REVUE...
...ON M'A DIT QU'ELLE ÉTAIT MORTE, ET SON MARI AUSSI... MAIS LE PETIT, JE NE SAIS PAS CE QU'IL EST DEVENU...
IL DOIT ÊTRE ENCORE À CRESPIN. TU DEVRAIS ALLER LE VOIR, CÉSAR, TU ES SEUL AU MONDE, TU ES RICHE, IL A PEUT-ÊTRE BESOIN DE TOI...
TIENS, J'ENTENDS CLARIETTE QUI S'AMÈNE... APPROCHE-TOI, MA FILLE, IL COMMENCE À FAIRE FRAIS, ET JE SERAI BIEN MIEUX AU COIN DU FEU...
ADESSIAS, CÉSAR, JE VAIS PRIER POUR TOI, MAIS SOIS TRANQUILLE, JE N'EN AI JAMAIS PARLÉ À PERSONNE, ET JE NE T'EN PARLERAI JAMAIS PLUS...
?
EH BIEN, PAPET, ÇA NE VA PAS ?!...
?!...
NE RESTEZ PAS LÀ !... JE VAIS VOUS RACCOMPAGNER CHEZ VOUS !
APPUYEZ-VOUS SUR MOI.
VOUS SOUFFREZ ? JE CROIS QUE VOUS FERIEZ BIEN D'APPELER UN MÉDECIN... SI VOUS VOULEZ, JE VAIS TÉLÉPHONER...
NON... MERCI... JE SAIS CE QUE J'AI... JE LE SAIS... JE LE SAIS...
58

OH! PAPET, QU'EST-CE QUE TU AS?
JE VAIS AUX OMBRÉES. J'AI DES CHOSES À FAIRE, LÀ-BAS...
TU AS VU LE PAPET, IL PORTE UNE TÊTE DE MORT...
C'EST PAS BON SIGNE... JE CROIS QUE JE FERAIS BIEN DE COMMENCER SA CAISSE...
OH! LE VIEUX GALANT AIME ENCORE LES FILLES!
TU VEUX DIRE QU'IL EST GAGA!
MON CHER AMI, JE NE VOUS VOIS PAS DU TOUT À L'ARTICLE DE LA MORT!...
MAIS MOI, JE M'Y VOIS, ET JE VAIS PARTIR CETTE NUIT...
QU'EST-CE QUI VOUS LE FAIT CROIRE?
JE VAIS MOURIR, PARCE QUE JE N'AI PLUS ENVIE DE VIVRE... ALLEZ, ZOU, CONFESSEZ-MOI, VOUS VERREZ QUE J'EN AI BIEN BESOIN...
VOUS SAVEZ QUE LE SUICIDE EST UN PÉCHÉ MORTEL!...
J'AURAI PAS BESOIN DE ME SUICIDER... J'AURAI QU'À ME LAISSER ALLER... CONFESSEZ-MOI, ET FAITES-MOI LES HUILES COMME IL FAUT...
59

Chère petite Manon
Le notère des Ombrées te dira que je te laisse tous mon bien. Ça va t'étonner, mes cé la vérité devant Dieu. Il y a baucout de terres, et trois maisons.
Fait bien entention au petit mas de Massacan. Dans la cuisine sous le lit, il y a un gros jaron enterré. Tout plein de louis d'or. Il y en a six milles. Cé le trésor des Soubeyran. C'est pour ton enfant qui va naître, que c'est mon vrai petit-fils.
Pasque ton père, c'était mon fils, mon Soubeyran qui m'a tant manquer toute ma vie, et que j'ai léssé mourir apetifeu, pasque je savais pas que c'était lui.
Manon
Javé qu'à lui dire la source, et mintenant, il faurait encore l'armonicat, et vous seriés tous venu habiter dans notre maison de Famille.
Manon
Aux lieux de sa, apetifeu. Personne le set, mé quand même j'ai honte devant tout le monde, même les arbres. Au village, il y a quelqu'un qui sait tout, et si tu lui dis ma lettre, elle t'expliquera : cé Delfine la vieille aveugle. Elle te dira que tout ça, c'est la faute de l'Afrique.
Manon
J'ai jamais osé te parler mais peut-être que mintenant, tu peut me pardonné, et des fois faire une petite prière pour le povre Ugolin et le povre de moi. Même à moi je me fais pitié.
Pense un peu que par malisse, jamet j'ai voulu m'aprocher de lui. Sa voix, je l'ai pas connu, ni sa figure. Jamais de prèt j'ai vu sés yeux que peut être c'était ceux de ma mère, et j'ai vu que sa bosse et sa peine, tout le mal que je lui ai fait.
Alors tu comprends que je me languis de mourir pasque a coté de mes idées qui me travaille, même l'enfer cet un délice. Et puis là-haut, je vais le voir et j'ai pas peur de lui, au contraire.
Il a compris que c'est tout par bêtise et moi je suis sûr qu'au lieu qu'il m'attaque, il me défendra.
Adessias ma pitchounète
Ton grand-père
César Soubeyran
60